La librería del mal salvaje

 Suburbano Ediciones

La librería del mal salvaje

Hernán Vera Alvarez

www.suburbanoediciones.com

@suburbanocom

"*Toda estadística, toda labor meramente descriptiva o informativa, presupone la espléndida y acaso insensata esperanza de que en el vasto porvenir, hombres como nosotros, pero más lúcidos, inferirán de los datos que les dejamos alguna conclusión provechosa o alguna generalización admirable*".

("Una tarde con Ramón Bonavena", *Crónicas de Bustos Domecq*)

"*Una de las pocas cosas que dijo en su vida con algún sentido Camilo José Cela es que una novela es un libro que en la tapa y debajo del título dice novela*".

(Eduardo Lalo, revista Ñ)

a Silvia Elena, Ana María y Cristina

El orden de las cosas

Una biblioteca es una autobiografía. En este caso, los libros que vendemos tienen la dictadura del mercado —top ten de best sellers—, pero a la vez, la libertad del gusto del lector que está a un lado de los "más vendidos" y busca ese autor que permanece en el tiempo pese a las modas, las malas traducciones y el rencor de los colegas.

Pienso en Thomas Mann y aquello de que una ciudad es una obra colectiva. Esta librería también lo es.

Recuerdo

Recuerdo que la librería abre de 10 de la mañana a 10 de la noche, todos los días, salvo los domingos, que es de 12 del mediodía a 8 de la noche.

Recuerdo que la frase-mantra es: "si necesita algo, estamos aquí para ayudarlo".

Recuerdo que detesto a la mayoría de los editores y escritores que viven en esta ciudad.

Recuerdo que hay que apretar F12 en la computadora cada vez que un cliente hace una compra y F5 cuando usa la tarjeta de crédito.

Recuerdo que no hay que mostrar mucha alegría.

Recuerdo que los libros que jamás llevaría a mi biblioteca son los más vendidos.

Recuerdo que hay que apagar el aire acondicionado (y las computadoras) a la hora de cerrar.

Recuerdo que debo recomendar "las novedades".

Recuerdo que los dueños de la librería son los hermanos Daranas.

Recuerdo que uno se llama Montiel, el más gordo y con una sonrisa irónica; y el otro, Reinaldo Abel.

Recuerdo que cuando no hay clientes debo hacerme el que trabajo y simular que acomodo los libros.

Recuerdo que *El Principito* y *Mafalda* son nuestros long sellers.

Recuerdo que los lunes y miércoles son mis días off.

Recuerdo que pagan cada quincena.

Recuerdo que esas fechas son las más felices del mes.

Presentaciones

A veces las presentaciones son una rara experiencia, sobre todo las de editoriales locales que básicamente se dedican a estafar a incautos autores. Siempre con tapas de una fealdad increíble, como el diseño interno, el papel, la tipografía. No es el problema la baja calidad sino que hay una desidia en esos editores que todo lo vuelve grosero.

En verdad, las presentaciones se asemejan a las reuniones de Tupperware. Son una excusa para que la gente chismosee, se saque selfies y las postee en Facebook.

La mayoría de esas editoriales publican poesía y memorias.

Danza negra

Es como un tsunami que arrastra un vaho insoportable. Lo riega aquí y allá. No hay horarios ni días fijos: lo suyo es un compromiso de libertad.

La homeless afroamericana deambula con sus rollers por la librería bailando una danza narcótica, con música que sólo ella escucha. Un ademán y agarra un libro sin mirarlo para luego colocarlo con elegancia en el mismo estante.

Al irse, los que están en la librería se miran con la certeza de haber sido testigos de un hecho maravilloso y desconcertante.

La larga risa de todos estos años

El otro día mientras buscaba un libro de Juan Benet encontré *Voces en la noche*. Es la única novela de Isidoro Blaisten y lo último que escribió. Recuerdo una entrevista por la radio por motivo de la publicación: sonaba tan feliz. Aunque hubiera escrito relatos hermosos, precisos para los detalles absurdos de la vida, un autor es considerado verdaderamente como tal cuando publica una novela. Luego vas por el mundo con un cartelito que dice: "escritor". Y así entonces la Academia y los críticos de periódico te toman en serio…

Blaisten se reía y le contaba al periodista algunos pormenores de la obra: cuánto había tardado en escribirla, el tratamiento de los personajes, los próximos proyectos. A los pocos días falleció de un ataque cardíaco.

Blaisten es el autor de un puñado de cuentos excelentes, no hay duda, pero también, la risa franca, llena de vida, inolvidable que escuché poco antes de su muerte.

Sobre acomodar libros

El que visita una librería sabe que las obras están en orden alfabético, por país o por género (y sí, existe uno llamado "Autoayuda"). Pero en ésta no siempre sucede eso: a Borges que se sentía malquerido por Lugones, a veces lo coloco junto a él; también a Anais Nin que no terminó muy bien con Henry Miller. Lo mismo con Gabo y Marito.

A los suicidas —siempre las poetas ganan en la lista— los dejo en la sección infantil.

"Si te descubren te echan", me alerta una amiga. Es posible, aunque prefiero pensar aquello que decía Paco Urondo: "lo mejor de la poesía es la amistad".

El homenaje al Gran Poeta

La noche prometía un homenaje al Gran Poeta –omitamos la nacionalidad–, con amigos escritores, su familia, conocidos más cercanos, eruditos.

Esa noche presentaban la edición de sus *Obras Completas*. Era un acontecimiento, una deuda de años que por fin quedaba saldada. Se preparó un banquete con vinos y comidas tradicionales.

La sala estaba llena. El primero que habló fue un joven escritor. Como era previsible, cargó su discurso de adjetivos y esperanza. Le siguió otro –de la misma generación que el homenajeado– cauto en elogios que disimuló con fechas y anécdotas. Un profesor aburrió con teorías literarias. Los hijos lloraron.

Una *loca* –"no se llega a ser loca, se nace loca", *dixit* Raúl Escari– recordó su niñez en casa del Gran Poeta, los libros que descubrió a su lado como tantos otros placeres. En un momento, *la loca* habló de su más reciente novela y a qué hora se transmitía su show de televisión.

Fue un breve paréntesis, luego regresó a la memoria del Gran Poeta y cómo sus familias criollas perdieron un país en manos del populismo.

Hubo aplausos. Más lágrimas. Terminados los discursos, el público —y los oradores— se abalanzaron sobre la mesa con comida.

A pocos metros yacían apiladas las *Obras Completas* que, como el Gran Poeta, regresaban al lugar de siempre: el implacable olvido.

La Library de América

En los Estados Unidos hablar más de un idioma está mal visto. La condición de monolingües se une a la extraña creencia de muchos de sus ciudadanos que de esta manera son "más" norteamericanos. Como pocos presidentes en la historia de este país, Donald Trump ha lanzado un plan que limita la inmigración, persigue a los indocumentados e intenta defender el inglés como lengua oficial. Entre otras supersticiones decimonónicas, Trump cree que el español solo es un idioma de cocinas. Cualquiera que se ha ganado la vida en una sabe que, inclusive, se habla español.

En estos tiempos oscuros trabajar en una librería que tiene especialmente obras en español es un acto estético y no menos político.

Peaje literario

Al lado del libro de Kerouac llamado *En el camino*, coloco otro libro de Kerouac titulado *En la carretera*.

Garro

Hoy se vendieron sus *Cuentos completos.* Y sin la necesidad de hablar de su marido o amante.

Mamushka

Sostiene el libro con sus manitas que desencajan con la figura excedida en kilos y maquillaje. Los labios siempre los tiene pintados de rojo. Ese detalle completa su apariencia de muñeca rusa. Pero no pide a Chéjov y mucho menos a Gógol. Se sienta en un rincón y en silencio lee a Marcel Proust. Así puede quedarse horas, alejada de todo, con la distancia agradecida de quien sabe que nada en el mundo importa demasiado.

Found in Translation

En las páginas del Sunday Book Review de *The New York Times*, John Waters confiesa que cuando trabajaba en los años '60 en una librería en Provincetown, Massachusetts, leyó con placer *Por el camino de Swann*. Recién este mes volvió a leerlo en la traducción de Lydia Davis. "¿Puede un traductor tener groupies?", se pregunta para luego contestar que él sí la tiene y es Mrs. Davis.

Yo soy groupie –¿fan no es lo mismo?– de Cortázar y su traducción de *Memorias de Adriano*, la que se sigue vendiendo a través de las décadas y que por supuesto tenemos en la librería.

Genio y Figura

Aunque el escritor pase diapositivas de sus pinturas –no hay campo del arte ajeno para él– y haya una comunicación vía Skype con una profesora inglesa que escribió un artículo sobre su obra, la presentación es previsiblemente aburrida. A un lado, cerca de la puerta, hablo con un poeta que está de visita en la ciudad. No sé cómo, pero la conversación termina en Tinder, un verdadero misterio para mí, que apenas tengo Twitter y alguna vez intenté con un blog, que dejé por mi innegable inconstancia para los compromisos. El poeta lo utiliza con frecuencia. Me explica rápidamente cómo funciona y muestra la foto de su perfil de usuario: su verga. Una verga erecta, blanca y desagradable.

Me aclara que como es un escritor conocido debe preservar el anonimato. Mal no le va en Tinder, asegura. Siempre se lleva un muchacho a su casa. Me alienta a que me decida, no hace falta poner mi identidad real. "Puedes hacer como yo", razona, "y poner la foto que más te guste".

Data trash

Con 17 años Raymond Radiguet escribió *El diablo en el cuerpo*. Gombrowicz pagó de su bolsillo la primera edición de *Ferdydurke*. José Bianco tradujo *The Turn of the Screw* como *Otra vuelta de tuerca*. Joe Brainard escribió *I Remember* e inspiró a Georges Perec con su *Je me souviens*. Virgilio Piñera vivió durante las décadas del '40 y '50 en Buenos Aires. Rodolfo Walsh vivió entre 1959 y 1961 en La Habana. Pablo Neruda escribía con tinta verde. Borges le dictaba a María Kodama (o al que tuviera más cerca). César Aira escribe media hora todos los días en un bar cerca de su casa. Manuel Puig grababa a desconocidos. Mario Vargas Llosa fue candidato a la presidencia del Perú. Macedonio Fernández fue candidato a la presidencia de Argentina. Sergio Ramírez fue vicepresidente de Nicaragua. Domingo Faustino Sarmiento fue presidente de Argentina. John Kennedy Toole dibujaba historietas. William Faulkner dibujaba historietas (influenciado por Aubrey Beardsley). Boris Vian falleció de un ataque cardíaco en un cine mientras asistía al estreno de la adaptación de su novela *Escupiré sobre tu tumba*. Adolfo

Bioy Casares quería morir en un cine, mientras pasaban los títulos de alguna película francesa. Enrique Vila-Matas tradujo del francés *El uruguayo*, de Copi.

Datos inútiles que aparecen mientras acomodo los libros.

Al que viene

Nos dimos un beso de despedida, y me quedé triste, pensando de qué manera ayudarla. Mónica en su tierra era abogada y acá intenta ser... La historia se repite cada cierto tiempo en América Latina, poco importa el país, ya que las circunstancias siempre son las mismas.

Empezar de cero es cuesta arriba, pero cuando se tiene cuarenta años, las cosas se tornan mucho más difíciles. Ahora Mónica deberá mejorar un idioma antes poco utilizado, conseguir papeles como un trabajo, si es posible relacionado con su carrera —aunque sin contactos profesionales—, acostumbrarse a una sociedad diferente a la suya. Emigrar demanda una cantidad extra de energía, de paciencia, de enfrentarse con las virtudes y miedos para sacar lo mejor de sí. En ese camino en no pocas oportunidades aparece la reinvención.

A los dos días llama para decirme que empezó un curso de Life Coach...

El otro mundo

Cerca de la vidriera se expone una cantidad considerable de coffee table books. Llaman la atención, son atractivos, con fotos muy cuidadas. Los hay de estrellas de cine como Marilyn Monroe, de bandas alguna vez buenas como The Rolling Stones. Los que más se venden, no obstante, son aquellos de lejanas tribus de África y de pueblos indígenas de América Latina. La pobreza unida al exotismo es algo seguramente cautivante e inofensivo, sobre todo, para esas personas que los verán en sus departamentos lujosos con vista al mar.

Los detestables

Los que preguntan el precio de un libro y cuando te das vuelta, en su celular, se fijan a cuánto lo tienen en Amazon.

El muchacho de las sillas

Siempre se presenta así. Es el encargado de suministrar las sillas para los eventos que se realizan en la librería. Es su nombre y apellido. Cuando hay que llamarlo por teléfono, los hermanos Daranas también dicen: "llama al muchacho de las sillas"; cuando hay que pagarle, recuerdan: "llama al muchacho de las sillas".

No conozco su cara, sólo la voz que a través del teléfono afirma: "soy el muchacho de las sillas".

Apellido

—Adriana… ¿Meneses? Ah, como el escritor venezolano.

—Sí, y como la hija.

¡Salú!

No habla, se comunica con las manos y una sonrisa desbordada cuando abre los ojos como si estuviera alucinando. Viste un guardapolvo gris. El pelo lo usa corto, como un hombre. Sus pies son pequeños, creo que elegantes. Lleva consigo una bolsita de papel madera donde protege la botella de whisky.

De tanto en tanto se mezcla entre la gente cuando hay alguna presentación y se sienta en un rinconcito. Gesticula. Antes de que termine el escritor de hablar –de su monólogo– se acerca y me da la botella. Por lo que entiendo, es un obsequio para el invitado, que suele rechazarla cuando comprueba que alguien ya la abrió.

Foto de solapa

En sus libros aparece la foto que lo ha inmortalizado: Truman Capote sentado en un banco de un jardín sureño. Es flaco y joven, casi un adolescente, con una remera blanca y la mirada que es un nudo desafiante de sexo y ganas de triunfo.

La tomó Henri Cartier-Bresson en 1947, en New Orleans.

Los libros del gran chismoso de América todavía son una granada que estalla en las manos de cualquiera.

Favorcito

Editor amigo quiere que presente en la librería a un autor de su sello. No lo conozco. Lo "googleo": en las entrevistas sus declaraciones son ironías sin gracia. Las fotos me devuelven a un tipo con la facha de un banquero o político latinoamericano. Me digo que no debo prejuzgar, como siempre.

Su libro es mucho peor.

El editor amigo se enoja. Hablo con el escritor Xalbador García. Sin leerlo, acepta.

Siempre hay gente dispuesta hacer el trabajo sucio por uno.

Pesadilla mexicana

Soñé con Carlos Fuentes. Todo el día he estado pensado en eso: soñé con Carlos Fuentes. Me hubiera gustado con Elena Garro, Juan Ramón Ribeyro, Borges, o tal vez, con un escritor de antología como Calvert Casey, pero con Carlos Fuentes es algo que todavía no logro entender. Siempre me pareció demasiado almidonado, soberbio, aunque tiene una muy buena novela como *Aura*, pero su imagen se torna difusa entre los trabajos como embajador, articulista, conferencista profesional y amigo de escritores mucho más talentosos que él.

Soñar con Carlos Fuentes es totalmente absurdo. Quizá no fue un sueño, sino una agradable pesadilla.

Librería Bipolar

–Hola, sí, estoy buscando el *Principito*, de Maquiavelo.

Un autor olvidado

"Usted es un hombre muy hermoso", escribe Bioy Casares que le dijo Eduardo Gudiño Kieffer mientras compartían un almuerzo en su diario *Descanso de caminantes*.

Para mí, Kieffer es una foto en blanco y negro, un hombre de mirada seria, casi enojado, entre las páginas de la revista dominical de La Nación ya que, como otros escritores, durante un buen tiempo, se ganó la vida en el periodismo. También es el comentario malicioso de Bioy y, ahora, el librito *Giraluna*, perdido entre otros volúmenes de la sección "Infantil" que esperan a padres felices y egoístas de traer niños no tan felices y egoístas a este mundo de dolor.

Definición

Vivió casi 30 años en Canadá y ahora porque se reencontró –vía Facebook– con una ex novia de la juventud, y se enamoraron, emigró a los Estados Unidos. Compra para regalarle *Crónicas marcianas*. Hablamos de Francisco Porrúa, editor y traductor de la versión española del libro de Bradbury, que le encargó a Borges un prólogo para la edición de 1955, que se convirtió, a su vez, en el primer volumen del sello de ciencia ficción Minotauro.

Así, los lectores de Iberoamérica conocieron el trabajo de Philip K. Dick, J. G. Ballard, J. R. R. Tolkien y Ursula K. Le Guin.

El cliente, que acepta malamente su nueva residencia, pero sabe que el amor es una extraña felicidad que no siempre irrumpe, da por finalizado el tema, y afirma: "Estados Unidos es un negocio y esta ciudad un atraco".

El que avisa no traiciona

No hay un gesto romántico ni mucho menos aventurero en robar libros. Con eso, lo único seguro es que jodés al tipo que ha invertido todo su dinero en un negocio que, de por sí, da pérdida. O a los que trabajan en la librería. Así que si pensás en darte una vuelta por acá… Mejor decidí hacer alguna revolución en Alemania, o conseguir trabajo de cajero de banco, o formá una familia y listo.

Pareja de escritores
de policiales caribeños

Uno es mulato y el otro blanco y gordo. Escriben novelas policiales. "Sólo novelas policiales", repite el negro para darse mayor credibilidad. Siempre juntos, se comportan igual que un matrimonio viejo.

El blanco y gordo, con malos tratos, me dice que busque en Wikipedia, que allí está todo lo que es él. Por supuesto, en la página hay información y otros detalles que, deduzco, sólo él y su madre pueden saber. El escritor como autor de su propia Wikipedia: una base de datos que a nadie le importa en lo más mínimo y que si alguien cae en ella es por equivocación o por ese azar moderno, caprichoso e increíble, que es el algoritmo.

Mira con desconfianza, pregunta soberbio dónde están sus novelas (otro autor local que deja a consignación sus libritos de tapas horribles) y nunca compra nada, absolutamente nada.

Elogio

—Hablo con él y me dan más ganas de comprar libros —comenta la mujer mirándome cómplice.

—Para eso le pago, señora —responde el dueño y finaliza el tema.

Asociación ilícita

Señora bajita, rubia y con voz de pito compra la biografía de Isabel Preysler. Me dice: "A mí me encantan las novelas de su novio".

Azar

El viernes se vendieron dos mazos de tarot: el de Marsella y otro con dibujos de Salvador Dalí. Desde que estoy en la librería jamás alguien había comprado alguno. El que se lo llevó dijo que era mentalista. Muy famoso. Me mostró en Twitter los miles de seguidores que tiene. Es de Venezuela, así que salió el tema. Comentó que había estado encarcelado, colgado boca arriba. Me enseñó sus piernas marcadas por los grilletes. Afirma que un desastre natural salvará a su país. Y que pronto empezará la Tercera Guerra Mundial.

Uno escucha, como siempre: también es parte del trabajo. Cuando parecía que había terminado, un señor, también de Venezuela, compró un mazo de tarot. Estuvo escuchando la conversación. Dijo que él visualizaba —subrayó ese verbo— que el país no tiene solución, que irá barranca abajo.

Motto

Me gusta ser librero. Recomendar lo que leí y los bellos libros de mis buenos amigos. Y con el mismo placer denostar a algunos escritores.

Hojas de Olmos

El hombre llamado Olmos es un misterio absoluto. Se pasa horas hablando con los hermanos Daranas. Cuando ya no hay nada más que decir, se queda en silencio por otras largas horas. Observa a la gente. Un amigo comenta que tal vez tenga un plan entre manos. Sí, ¿pero cuál?

100 libros

A ellos les sobra dinero. El más viejo, le dice a su amigo:

—Escoge bien. Siempre tenemos menos tiempo de lo que pensamos. A mí me quedan 100 libros de vida.

El muchacho compra *El lobo estepario.*

—Toma —le dice—, llévate también éste de Hermann Hesse.

Veo que el libro es *Siddhartha.*

—¿Y los tuyos? —pregunta el muchacho y guarda la boleta por la compra de dos novelas en el bolsillo de su camisa blanca.

—Más tarde, querido. En mi próximo libro comenzaré la mitad de mi vida.

Librería del mal salvaje para un infante difunto

No hay un solo libro de Guillermo Cabrera Infante. Eso sí, hay de Ismael Cala y hasta de Walter Mercado. Y de autoayuda, obviously.

Contra los críticos

Que yo sepa, ningún crítico tiene una estatua.

As usual

"¿Cuántos libros vendí?" Es la pregunta-saludo (y lo único que les importa) a los autores locales que dejan en consignación sus oscuros libritos.

"Nada" —es la respuesta de siempre.

"¿Nada? Qué raro" —y te miran con la desconfianza de siempre.

B

"Le están sacando los piolines del escritorio", recuerdo que Borges ironizó sobre un autor ya fallecido del que publicaban una novelita. El escritorio de Bolaño parece tener muchos cajones. La última "novedad" es *El espíritu de la ciencia-ficción*, texto que su viuda encontró en un cuaderno anillado de 1982 en la ciudad de Blanes.

Los protagonistas son dos poetas llamados Remo y Jan que deambulan por ese monstruo de smog, modernidad e historia que es la Ciudad de México.

Me gustan las novelas imperfectas, aquellas que preceden a la "obra maestra", donde un escritor es prueba y error, y así va construyendo una educación sentimental. Por eso mi libro preferido de B es *La pista de hielo*, y del otro, del Viejo, *La memoria de Shakespeare*.

Una profesional

Es más común de lo que se piensa: a ella le hubiera gustado ser estadounidense. En su fundamentalismo, claro, no hay lugar para la crítica y el desdén. Su pasión desmedida se relaciona menos por lo bueno que ofrece la cultura norteamericana que por su poder económico y militar del que se siente representada. De su país prefiere olvidarse, lo intenta, cree que la pobreza que lo carcome hace décadas es una mala publicidad para su buen nombre.

Habla todo el tiempo en inglés, y le sigo el juego. Su acento corta el aire. Se lleva una bolsa de libros infantiles porque enseña español en un colegio, tarea que debe en el fondo detestar, igual que su apellido, su acento, el no poder ser otra persona. Ella trabaja de latina. Sólo al llegar a su casa, después de una larga jornada, exhausta cuelga el disfraz.

Dones

Me tendría que doler la cabeza y no los pies. Un conocido guionista dice que me envidia por trabajar en una librería, pero yo quisiera, en tal caso, hacer lo suyo: escribir telenovelas insulsas que le dan dinero mientras toma café sentado en su oficina con vista al mar. A medida que se acerca mi día libre, el dolor de pies mina todo el cuerpo.

Hay otro escritor que también comentó que soy un hombre de suerte por trabajar en una librería. El único que sospecha la verdad es un poeta –siempre abierto a lo que sucede aquí y allá– cuando me señaló que no había sillas para los empleados.

Parafraseo a Borges y su "Poema de los dones":

Nadie rebaje a lágrima o reproche
esta declaración de la maestría
de Dios, que con magnífica ironía
me dio a la vez los libros… y el dolor de pies.

Never is ever

Frente a la caja llora sin consuelo. Es un lamento agudo, y no sé qué hacer. La señora es mexicana, pero hace muchos años que vive fuera de su país.

Con los libros en la mano –mientras los agita–, emocionada dice: "¡Jamás pensé que en una ciudad de Estados Unidos encontraría un lugar así!".

Ego trip

"¿Aquí venden las obras de Norberto Fuentes?", pregunta el hombre de espejuelos redondos y cara de cansado.

"Creo que no", le respondo, y pienso que es la segunda vez en la semana que piden libros de ese autor. Busco en Google algún título que sea fácil de conseguir y, de pronto, aparece una foto de un hombre que es un calco de otro que usa espejuelos redondos y tiene cara de cansado y ha entrado a una librería y me pregunta si venden las obras de Norberto Fuentes...

¿Celebración?

Para alguien que no ha sido madre ni hijo resulta sumamente curioso elegir libros para poner en la mesa de "novedades" por el Día de la madre.

El pesado

"¿Hay libros de Reinaldo Arenas?" Sí, *El color del verano* y *Antes que anochezca*. "Ah, ¿y de William Faulkner?" *Las palmeras salvajes* y *Mientras agonizo*. "¿Y de Murakami?" *Kafka en la orilla*. "¿De Julia Álvarez?" *En el tiempo de las mariposas*.

Ok. Gracias. Buenas tardes.

Un libro de medio millón de euros

Nació hace poco más de sesenta años en La Habana. El primer libro que se llevó fue *Cartas a un joven disidente*, de Christopher Hitchens. Es buen cliente: cada domingo elige una pilita de obras interesantes. Porque los domingos son del doctor cubano sin nombre –alguna vez lo dijo, pero lo olvidé, como siempre me sucede con las personas.

Alto, macizo, de ojos achinados y piel cobriza, de movimientos lentos y voz serena, el doctor me confiesa que se ganó la vida de varias maneras en Cuba.

Alguna vez fue librero en uno de los puestitos cercanos al Malecón. Así conoció a Gabriel García Márquez que pagó unos cuantos dólares por la primera edición de *Cien años de soledad*, la que salió por Sudamericana, de Buenos Aires; a Manuel Vázquez Montalbán con quien una tarde de intenso calor –inefable en el trópico– compartió unos tragos mientras éste imaginaba cómo sería la muerte del detective Carvalho; a Julio Cortázar que rodeado de niños recitó en un inglés afrancesado un poema de William Blake.

A veces, el doctor cubano cuyo nombre nunca recuerdo compraba por monedas, a incautas viudas, antiguas ediciones que en el mercado extranjero se cotizaban en cientos de euros.

Cierto día, un catedrático español que dirigía una ilustre como vetusta Academia de la lengua, cliente conocido del doctor y de adolescentes habaneras, le ofreció medio millón de euros si encontraba la primera edición del Quijote que llegó al continente. En el año 1605 partió desde Sevilla la embarcación "Espíritu Santo" con una carga de 262 volúmenes hacia el puerto de San Juan de Ulúa, en México. El barco hizo una parada en La Habana donde se dejaron 40 ejemplares.

El doctor estuvo años detrás de ese libro. Viajó por la Cuba profunda, visitó casonas, habló con viudas y los descendientes de familias venidas a menos. Esa primera edición del Quijote fue su obsesión maldita. Hasta que un día la encontró, aunque tarde. En Camagüey, un viejo profesor de fama excéntrica, antes de morir quemó su casa. Algunos libros se salvaron. Eso pasó durante el llamado "período especial" –la Unión Soviética se derrumbó y Cuba quedó huérfana de protección económica– cuando lo único abundante era la escasez. "Y un libro", me dijo con una mueca de tristeza el doctor, "sirve para muchas cosas".

El futuro

Todo es horrible y desdichado en él: sus libritos de tapas blandas con una foto de colores chillones; sus comentarios sacados de los diarios y el noticiero de Univisión; su cara lisa de un hombre que en la vida nunca le pasó nada; su mujer fea con hijos igual de feos que serán los únicos que acaso algún día lean sus novelitas. Tan triste verlo en la presentación de su nuevo libro, con uno que otro amigo que ha ido por compromiso nomás, con 30 sillas vacías que puse porque nos aseguró que sería un acontecimiento en la ciudad, y ahora está desconcertado, aunque más tarde, cuando llegue a su casita de suburbio americano y se acueste al lado de su mujer fea —los hijos feos dormirán en una piecita lamentable— se preguntará por qué, cuándo la vida tomó el camino que jamás hubiera imaginado, dónde quedaron los sueños de juventud...

Lit Argentina

Ayer recibí en mi casilla de correo el mensaje de una profesora. Enseña literatura portuguesa e iberoamericana en un college del midwest y me invita a que imparta una conferencia ante sus alumnos. En un rapto de originalidad, la profesora sabe que soy argentino, por eso, sugiere que hable de literatura argentina. Durante la noche mientras camino rumbo al supermercado pienso en el asunto. El dinero que ofrece es bueno y son apenas un par de horas.

Camino y las ideas fluyen. La literatura argentina, sin duda, es un gran invento.

1

Para Antonio Requeni este libro abominable, firmó J. R. Wilcock al escritor un ejemplar de su *Libro de poemas y canciones*.

2

A Juan José, narciso tucumano, insecto del café, del fuego que me (voló) la lapicera mágica, firmó Silvina Ocampo a Juan José Hernández un ejemplar de la obra que escribió junto a Wilcock, *Los traidores*.

3

Luisa Futoransky pasó a máquina *Boquitas Pintadas*.

4

Luisa Futoransky viajó por primera vez a Europa con el sueldo que le pagó Manuel Puig por el trabajo.

5

"Oscar Hermes Villordo": así se llama la primera biblioteca LGTTB de la Argentina.

6

Ernesto Sábato conoció a Allen Ginsberg en Chile en 1960.

7

Jorge Di Paola conoció a Witold Gombrowicz en un bar de Tandil en 1958.

8

Susana Constante falleció a los 49 años en Sitges, en 1993.

9

Victoria Ocampo conoció a Susan Sontag por intermedio de Edgardo Cozarinsky en el hotel de la Trémoille de París en 1975.

10

Jorge Barón Biza pagó de su bolsillo la edición de *El desierto y su semilla*.

11

Pido que me sepulten en la tierra sin cajón y sin ningún signo ni nombre que me recuerde. Prohíbo que se dé mi nombre a ningún sitio público, escribió Leopoldo Lugones en su nota de suicidio.

Sensini

Finalmente, uno se hace la idea de la utilidad de los reviews de los suplementos culturales al trabajar en una librería... Con un recorte de diario en la mano o su teléfono celular, los clientes muestran qué obra están buscando.

El otro día preguntaron por *Zama*, de Antonio Di Benedetto. La publicación de la novela en Estados Unidos vino precedida por excelentes críticas, entre ellas, una aparecida en *The New York Review of Books*.

El que lo quería leer tenía el aspecto de un profesor de literatura de mediana edad: la melena canosa, de bigotes y barba de algunos días, con saco y una camisa sin corbata. Su rostro de tristeza me tocó cuando le dije que el libro se había encargado a la editorial, pero todavía no llegaba.

Por asociación pensé en "Sensini", el relato de Bolaño incluido en *Llamadas telefónicas* que cuenta la amistad epistolar que forjaron cuando los dos trataban de ganarse la vida malamente en concursos literarios por España. Le conté la historia al profesor, y se llevó el libro de Bolaño.

"Bien hecho", luego me dijo uno de los dueños, el señor Montiel Daranas, y yo me sentí un impostor, es decir un vendedor, un maldito cretino.

12

Manuel Mujica Láinez solía ir en su adolescencia al pequeño departamento de Alfonsina Storni, en Córdoba y Esmeralda. Un día la poeta quiso besarlo: Manucho nunca más volvió a visitarla.

13

H. A. Murena murió de un paro cardíaco el cinco de mayo de 1975, a las diez de la noche.

14

Julio Cortázar tradujo los cuentos de Poe en una pequeña habitación de un hotel en Roma.

15

Jorge Di Paola nació en la Navidad de 1940.

16

Nací en 1942, me formé en colegios, bares, redacciones, manicomios y museos de Buenos Aires, Friburgo del Sarine, Rosario, Villa María, La Falda, Montevideo, Milán y Nueva York. Leí Mann, traduje Proust. Viví treinta años de mi trabajo como corrector, negro, periodista (desde publicaciones de sanatorios psiquiátricos hasta revistas de alta sociedad) y crítico de arte, escribió Jorge Barón Biza.

17
Marco Denevi escribía en una máquina marca Olympia.

18
Arnaldo Calveyra trabajó durante dos años, todos los sábados y domingos, como fumigador en un muelle de Ensenada.

19
Arturo Carrera perdió a su madre al año de nacer.

20
El amor fue escritor por Sergio Bizzio y Daniel Guebel.

Los detestables II

Los que preguntan por un libro difícil, fuera de catálogo, pero por algún azar todavía está en la librería y cuando se lo das, te dicen: "Uh, ¿no tienes la edición de bolsillo?"

21

Ricardo Piglia escribió el prólogo de la primera edición de *El frasquito*, de Luis Gusmán.

22

A Jorge Di Paola le decían Dipi.

23

Jorge Di Paola y Ricardo Piglia se hicieron amigos en su juventud en la ciudad de La Plata mientras estudiaban en la universidad.

24

Alan Pauls escribió *El pudor del pornógrafo* a los 21 años.

25

Juan L. Ortiz solía andar en bicicleta por el pueblo de Gualeguay y vender sus libros de poemas.

26

Guillermo Martínez vivió en Oxford entre 1993 y 1995.

27

Nilda es el verdadero nombre Tununa Mercado.

28

Hugo Mujica vivió en Estados Unidos entre 1961 y 1970.

29

El pudor del pornógrafo tenía como cubierta una imagen de Paul Klee.

30

La virginidad es un tigre de papel, primer libro de cuentos de Di Paola, lleva una contratapa escrita por Enrique Raab.

31

El pudor del pornógrafo, primera novela de Alan Pauls, lleva una contratapa escrita por Luis Chitarroni.

El país de la relectura

"El pasado es otro país, allí las cosas suceden de manera distinta". La opening line de *The Go-Between*, del británico L. P. Hartley, es una presencia absoluta cuando releo algunos libros que, por el trabajo, aparecen otra vez.

Difícil salir indemne de esos desafíos. Hay ciertas páginas de Hermann Hesse, de Cortázar, de Jack London, de Poe, que es mejor atesorarlas con ese primer recuerdo, cuando las leímos en nuestra adolescencia y el mundo y nosotros éramos distintos. No es aconsejable volver a los lugares donde uno ha sido feliz.

Es entonces cuando oigo la frase de Leonardo Sciascia, y que Cabrera Infante solía repetir a aquellos que lo visitaban en su pequeño departamento londinense: "Hay dos errores que un hombre jamás debe cometer. El primero es irse de su país; el segundo volver".

32

Antonio Porchia donó casi todos los libros de la primera edición de *Voces* a la Sociedad Protectora de Bibliotecas Populares.

33

Rodolfo Rabanal fue traductor de la Unesco, en París, gracias a Aurora Bernárdez.

34

Roberto Juarroz vivió un año en París.

35

El congreso de la muerte se llamaba originalmente *Moncada*, novela que escribieron Jorge Di Paola y Roberto Jacoby.

36

Algunas traducciones:

Lolita (Enrique Pezzoni, bajo el seudónimo de Enrique Tejedor)
Otra vuelta de tuerca (José Bianco)
Mademoiselle O (Edgardo Cozarinsky)
En la plaza oscura (Cecilia Ingenieros)

Las palmeras salvajes (Borges)
Los Salvajes (Estela Canto)
En busca del tiempo perdido (Estela Canto)
Viaje al fin de la noche (Néstor Sánchez)
Las criadas (Silvina Ocampo y José Bianco)

37
La bestia debe morir se llevó al cine por Román Viñoly Barreto. El asistente de dirección fue Haroldo Conti.

38
Haroldo Conti, junto con Augusto Roa Bastos y Raúl Beceyro, trabajó en el guion cinematográfico de *Zama*, que permanece inédito.

Eterna y vieja juventud

Un muchacho colombiano quiere ser escritor. Me lo dice con una arrogancia que despierta algo de ternura. En Barcelona se dio una vuelta por la editorial Anagrama, ya que meses atrás había enviado un e-mail con su primera novela. Me cuenta que la secretaria le aseguró que tenían el manuscrito y que lo leerían.

A pocas cuadras de la editorial, por la ventana de un café, ve a Vila-Matas que conversa con una mujer. Lo saluda y le pide un autógrafo y una foto. Le comenta lo de Anagrama. Vila-Matas le desea buena suerte.

Le digo que escriba sobre ese encuentro. Para alentarlo, traigo a la conversación el que tuvieron García Márquez y Hemingway en París. El muchacho ha leído ese texto. Tal vez nada de lo que ocurrió esa tarde fue cierto, pero la buena literatura vale una bella mentira. Al muchacho le entusiasma la idea. Me dice que cuando termine el texto lo traerá para saber qué pienso. Tal vez, se le ocurre, podría agregarlo a su primera novela…

39

El Día del Escritor se celebra cada 13 de junio, fecha del nacimiento de Leopoldo Lugones.

40

El Día del Escritor Bonaerense se celebra cada 5 de mayo, fecha en la que fue secuestrado Haroldo Conti.

41

Marcelo Birmajer es el autor de *Historias de hombres casados.*

42

Marcelo Birmajer es el autor de *Nuevas historias de hombres casados.*

43

Marcelo Birmajer es el autor de *Últimas historias de hombres casados.*

44

Bioy Casares tradujo "Sredni Vashtar", primera versión al castellano de un cuento de Saki, en 1940.

45

Bioy Casares, con Borges de testigo, se casó con Silvina Ocampo en 1940.

46

Bioy Casares publicó *La invención de Morel* en 1940.

47

Bioy Casares junto a Borges y Silvina Ocampo publicó *Antología de la literatura fantástica* en 1940.

48

Bioy Casares junto a Borges y Silvina Ocampo publicó *Antología Poética Argentina* en 1941.

49

Fabián Casas leyó *Viaje al fin de la noche* en la traducción de Néstor Sánchez.

Felicidad literaria

Ver la alegría en el rostro de un cliente que regresa y te da las gracias por el libro que le recomendaste.

50

Silvina Ocampo escribió en inglés *La naranja maravillosa*.

51

En los últimos años de su vida Héctor Bianciotti, aquejado de Alzheimer, vivía en un geriátrico. Algunas tardes las enfermeras le ponían discos de María Callas y le servían una copa de champagne.

52

Edgardo Cozarinsky escribió en inglés *Vudú urbano*.

53

La primera transmisión de "una radio gay" en París fue clandestina y se hizo a finales de los '70, en el departamento de Copi.

54

La comida preferida de Borges era arroz blanco con queso.

55

Wilcock solía dejar en varias editoriales europeas a mediados de los '50 una tarjeta de presentación que anunciaba: "Inventor de autores bajo demanda".

56
Andrés Rivera es el seudónimo de Marcos Ribak.

57
María Moreno es el seudónimo de Cristina Forero.

58
En su juventud Rivera fue miembro del Partido Comunista.

59
Juan Gelman fue expulsado del Partido Comunista.

60
Violín y otras cuestiones, primer libro de Gelman, lleva un prólogo de Raúl González Tuñón.

La mamá de mis pesadillas

"¿Tienen una sección infantil?", pregunta la señora que lleva de la mano a un niño. A su lado, la que parece ser la madre del chico y patrona de la señora, compra un libro llamado *La mujer de mis sueños*, de Luz María Doria. Antes de que le responda, ella contesta: "No, no tienen".

61

Borges dictaba a la persona que estuviera de turno.

62

Manuel Puig escribía en una Olivetti Lettera.

63

Andrés Neuman se perfumaba las manos para escribir poemas.

64

Una loca de tetera, dijo Néstor Perlongher de Lamborghini.

65

Juan Forn trabajaba como cadete en la Editorial Emecé.

66

No pertenezco a la sociedad o sueño con no pertenecerle, y con eso no vivo bien ni mal, pero creo que esa ligera altivez me ayuda a meterme en mí buscando una salida hacia otro mundo. La poesía tiene esa altivez y flota libre o bastante libre sin necesitar nada de nadie. No conozco otra cosa menos agarrada a la materia, escribió Viel Temperley en una carta a su hija Soledad.

67

Viel Temperley tomaba sol a la mañana en un bar con mesas en la calle sobre Carlos Pellegrini, casi Santa Fe.

68

Hasta hace pocos meses a la placa de la última casa de Cortázar en París alguien la había pintado de blanco.

69

A la placa que señalaba el departamento en que Marechal vivió en el barrio de Flores se la robaron.

Elogio II

Crítico de música y de cine, flaquito de anteojos y pelo largo –podría haber sido un Sui Generis–, autor de guiones imposibles que soñó con vendérselos a Roger Corman en Hollywood, el día que recibió su novela *¡Que viva la música!*, se tragó 60 pastillas de secobarbital.

Un destello de la vida de Andrés Caicedo, el autor colombiano que en su primer intento de suicidio le escribió a su madre que era incapaz ante las relaciones de dinero y las relaciones de influencia, y no podía resistir el amor.

La chica de pelo rubio me ha escuchado atentamente. Se lleva los *Cuentos completos*. A la noche recibo un text message: me agradece con un emoticón.

70

A días de la muerte de Murena se realizó un acto en su memoria. Durante el homenaje su hijo más chico, Sebastián, debía descubrir una placa recordatoria en el frente del edificio donde su padre vivió, en San José 910. El acto fue interrumpido porque un propietario se quejó de las dimensiones de la placa.

71

De vez en cuando alguien deja flores en la placa que señala la última vivienda de Alberto Girri, en Viamonte 349.

72

Tomás Eloy Martínez fue uno de los fundadores de *El Diario de Caracas.*

73

A María Julia Bertotto, Virginia Feinmann y Verónica Feinmann. Las mujeres de mi vida, escribió José Pablo Feinmann en la dedicatoria de su libro *El mandato.*

74

A Martha Mosquera, que me habló en París de madame Francinet, escribió Cortázar en la dedicatoria del cuento "Los buenos servicios".

75

A Pepe Avellos. A Milagros, escribió Santiago Sylvester en la dedicatoria del cuento "Copia en blanco y negro".

76

Tomás Eloy Martínez nunca quiso reeditar su primer libro, *Sagrado*.

77

Néstor Sánchez nunca quiso reeditar su primer libro, *Escuchando a tu hijo*.

78

Marcelo Cohen nunca quiso reeditar sus dos primeros libros: *Lo que queda* y *Los pájaros también se comen*.

79

Jorge Luis Borges nunca quiso reeditar su primer libro en prosa, *Inquisiciones*.

Teléfono descompuesto

Hola, ¿sí? Yo sé que hoy es la presentación de Renato Cisneros, a las 7 de la tarde, pero no, no puedo ir, es imposible, estoy en este momento en Ecuador. Hay un día divino, deberías estar por aquí, ¿sí? Te pido por favor que me reserves un libro, soy una clienta de la librería, muy buena, Susana, Susana Salonssinee, con doble *s* en el medio y doble *e* al final, es un apellido raro, poco usual en Verona, ¿sí? Por parte de papá somos italianos, por mamá alemanes, más complicado, así que no te doy el apellido. El libro es para que me lo firme Renato. Yo a mediados de mayo me doy una vueltita y paso a retirarlo, ¿sí? Con doble *s* y doble *e* al final, ¿está clarito?

80

Arnaldo Calveyra nunca quiso reeditar su primer libro de poesía, *Ha nacido un hombre*.

81

Fabián Casas nunca quiso reeditar su primer libro de poesía, *Otoño: poemas de desintoxicación y tristeza*.

82

Julio Cortázar nunca quiso reeditar su primer libro, *Presencia*.

83

Bioy Casares nunca quiso reeditar sus seis primeros libros: *Prólogo, Diecisiete disparos contra lo porvenir, Caos, La nueva tormenta o la vida múltiple de Juan Ruteno, La estatua casera* y *Luis Greve, muerto*.

84

Bioy Casares publicó bajo el seudónimo de Martín Sacastrú *17 disparos contra lo porvenir*.

85

Borges y Sábato se reunieron por pedido de Orlando Barone para el libro *Diálogos*.

86

Di Benedetto fue secuestrado horas después del golpe militar, el 24 de marzo de 1976. Nunca supo la causa de su detención. Fue excarcelado el 4 de septiembre de 1977, pero a condición de que dejara el país.

87

Borges, Sábato, Horacio Ratti y Leonardo Castellani se reunieron con Jorge Rafael Videla el 19 de mayo de 1976. El motivo, entre otros, era hablar sobre la situación política y social de la Argentina y entregarle una carpeta con el nombre de los escritores desaparecidos y presos. Castellani fue el único que exigió la libertad de Conti, alguna vez su discípulo en el seminario, secuestrado tiempo atrás.

El asco

Un aliento de cementerio que arrastra su resentimiento de culito estrecho y caliente, sus comentarios para todo –los tiene para cualquier cosa que escuche– es lo que me distancia oportunamente de él. A veces está con alguien, otra víctima, que lo soporta porque tiene dinero, y nada más para entregar. Cuando se le pregunta qué desea –hay que decirlo, es la regla de la casa–, mueve la cabeza, como si uno estuviera molestando. Lógicamente, es de esas personas que sólo hablan con los dueños.

El otro día usó el baño. Cuando tuve que pasar por allí para revisar unas cajas con nuevos libros provenientes de España (ilusionaba tener *Dos damas muy serias* de Jane Bowles, que leí una tarde de cocaína y tacos on the street en México), me di cuenta que la podredumbre no es sólo en su boca. El inodoro estaba todo salpicado de mierda. Sucio y detestable, un tipo que da asco.

88

En la reunión Borges, Sábato, Ratti, Castellani y Videla comieron budín de verduras, ravioles con salsa de tomates. De postre hubo ensalada de frutas.

89

Rodolfo Walsh siempre admiró a Castellani, comentó Rogelio García Lupo.

90

Walsh consideró *Las nueve muertes del Padre Metri*, de Castellani, como el mejor libro de relatos policiales escrito en Argentina.

91

Miguel Ángel Bustos permanece desaparecido.

92

Haroldo Conti permanece desaparecido.

93

Francisco Urondo fue asesinado por los militares.

94
Walsh compiló en 1952 la primera antología argentina de cuentos policiales.

95
Di Benedetto fue excarcelado gracias a las presiones internacionales de Victoria Ocampo, Ernesto Sábato y Heinrich Böll.

96
Creo que nunca estaré seguro de que fui encarcelado por algo que publiqué. Mi sufrimiento hubiese sido menor si alguna vez me hubieran dicho qué exactamente. Pero no lo supe. Esta incertidumbre es la más horrorosa de las torturas, confesó Di Benedetto.

97
Sergio Chejfec vivió quince años en Venezuela.

Amén

Cuando la gente entra por primera vez en el local abre los ojos de felicidad, no cree que sea posible que en una ciudad de Estados Unidos exista una librería con un catálogo tan amplio y cuidado en español, como los hay en Madrid, Buenos Aires o Guadalajara.

En este país Amazon ha hecho caer la cadena Borders, Barnes & Noble resiste, pero otras tiendas se han fundido. La gente agradece, a veces compra un libro, nos desea lo mejor y eso parece más un pésame adelantado que un futuro de éxito.

98

Rodrigo Fresán vivió en su adolescencia junto a su familia exiliado en Venezuela.

99

Manuel Puig impartió un taller literario (escritura creativa que le dicen en EE.UU.) en Columbia University.

100

Roberto Fontanarrosa nunca vivió en otra ciudad que no fuera Rosario.

101

Carlos Sampayo prefiere los cuentos a las novelas de Bioy Casares.

102

Jorge Accame escribió *Forastero*, ganadora del Premio La Nación-Sudamericana de Novela, en una cabaña en el medio del bosque en Manchester, Estados Unidos, en el 2005.

103

El sueño de los héroes es la novela que más le gusta de Bioy a Carlos Sampayo.

104

Marco Denevi tocaba muy bien el piano.

105

Alan Pauls viajó hasta Brasil para mostrarle a Manuel Puig el manuscrito de *El pudor del pornógrafo*. Puig, indiferente al joven escritor, sólo prefería hablar de lo mal que lo trataban los críticos en la Argentina.

106

En los ochenta los editores italianos apoyaron la candidatura de Puig al Nobel de Literatura.

107

Luis Gusmán conoció a Puig en Buenos Aires en la década del '70 cuando le dio el manuscrito de *El frasquito*, que le gustó al escritor.

M & N

—Es con "m". Se dice Jerusalém. Yo le digo así. No me suena con "n".

Cada semana, un señor jubilado argentino, pero que hace décadas vive en Estados Unidos, quiere saber cuántos ejemplares se han vendido del librito que su hermano escribió sobre Jerusalém.

Hasta el momento no se ha vendido ninguno, él ya lo puede imaginar, porque en cada nueva visita la respuesta es la misma. Y sin embargo cuando se lo digo mueve la cabeza con tristeza, mira para ambos lados, y comienza a hablar sobre un tema tan interesante para mí como es la realidad política del peronismo...

108

Autores que murieron en México:

Puig (Cuernavaca)
Gelman (Ciudad de México)
Juan Damonte (Ciudad Neza)

109

In Memoriam. De todos los amigos que se han ido, y de los que se irán, maltratados y confundidos por el rigor de nuestra época, escribió Enrique Wernicke en la dedicatoria de su libro *Los que se van*.

110

César Aira escribe una hora a la mañana y a veces otra a la tarde, pero siempre en cafés.

111

Pablo de Santis escribía en un Wendy's, hoy cerrado, que estaba cerca de su casa.

112

Un cigarrillo, un prólogo y una faja de la SADE no se le niega a nadie, decía César Tiempo.

113

Borges escribió durante su estadía en Palma de Mallorca, en 1919, el libro de poemas *Los ritmos rojos* sobre la Revolución rusa, y el de cuentos *Los naipes del tahúr*, ambos hoy perdidos.

114

Laura Alcoba reside en París desde los diez años.

115

Bernardo Kordon murió en un asilo de ancianos en Santiago de Chile, en el 2002.

Irse

Me habla que extraña su patria, o lo que queda de ella. Por eso, se compra un libro de Uslar Pietri.

En mis años fuera del país siempre he estado aislado de todo, desterrado incluso de mis seres queridos, en la más frágil de las soledades, sin dinero y futuro, pero escribiendo libremente, entregado al sexo, la lectura y el arte, a la plenitud de mis deseos.

116

Escritores que murieron en Francia:

Ricardo Güiraldes
Cortázar
César Fernández Moreno
Copi
Juan José Saer
Bianciotti
Rafael Pividal
Arnaldo Calveyra

117

José Edmundo Clemente solía ir al café Argos, del barrio de Colegiales.

118

Carlos Mastronardi murió en un asilo de ancianos.

119

Piglia dijo que Gombrowicz es el mejor escritor argentino del siglo XX.

120
Un diccionario de traductores. La idea es de Piglia.

121
Jorge Accame vivió un año en Italia.

122
Rodolfo Rabanal vivió tres años en París.

123
Alejandra Pizarnik vivió cuatro años en París.

Una visita inoportuna

Esta vez soy yo el que se encuentra con el anciano de voz ronca por un cáncer que le extirparon. As usual, no compra ningún libro.

Se ha presentado, les dice a los hermanos Daranas y no a mí, ya que como soy un empleado me ignora, porque apostó con su mejor amigo que la librería no llega a diciembre.

—Antes de navidad, ustedes cierran —puntualiza con esa voz ronca que retumba en la librería vacía como una carcajada macabra.

124

Marechal tomaba vacaciones en Valeria del Mar.

125

Mujica Láinez, Xul Solar y Marco Denevi eran vecinos del barrio de Belgrano.

126

Marta Lynch le envió una de sus novelas a Gombrowicz a Francia con el propósito de que el autor polaco le escribiera un prólogo.

127

El primer libro de Jorge Di Paola, *Hernán*, lleva un prólogo de Gombrowicz.

128

Marta Lia Frigerio era el verdadero nombre de Marta Lynch.

129

La edición venezolana de *Hospital Británico*, de Viel Temperley, lleva un prólogo de Sergio Chejfec.

130

A los 26 años Rozenmacher publicó en edición de autor el libro de cuentos *Cabecita negra*.

131

Luis Gusmán se encontró por última vez con Puig en su casa de Río de Janeiro en 1988. En esa oportunidad vieron en video un film sobre propaganda franquista. Gusmán recuerda que había un personaje muy similar a uno que aparece en *El beso de la mujer araña*.

132

Silvina Ocampo y Juan José Hernández escribieron la obra de teatro *La pirámide de fuego*. Cuando se estrenó en París alguien olvidó incluir el nombre del autor tucumano.

El pasado

Detesto los Starbucks con su bohemia uniforme, el café —carísimo— que muchas veces es un extraño postre cargado de crema servido en horribles tubos gigantes, y la gente ostentando sus artefactos Apple en todas sus variantes de alta gama.

Los Starbucks son como los McDonald's pero con gente más flaca. Prefiero el original, antes que una mala copia. Por eso camino unos cuantos metros al salir de la librería en la noche, y compro café en un bar sin nombre. Desde que estoy por la zona, el local pasó por muchas manos: de rusos, colombianos, venezolanos, y creo que ahora es una mezcla de estadounidenses con afrocubanos. Todas sus metamorfosis me han gustado; en cada una de ellas encontré una sorpresa.

La otra noche no fue la excepción. Aunque estuviera muy flaca, con dos hijos que exigían postre y Coca-Cola a la misma vez, un marido con el aspecto de guardaespaldas

—tan distante del lánguido joven argentino músico de pop— que se aburría en la mesa contando las migas de pan, y el pelo rubio teñido, era inconfundiblemente ella: la muchacha gordita con sonrisa dulce que hacía unos meses había llegado de La Habana.

¿Cuánto tiempo hacía de todo eso? ¿15 años? No, tal vez era más: mi amigo músico todavía se quedaba en el pequeño cuarto que alquilaba por el downtown.

Con ella había tenido enseguida una conexión que, con mi amigo, muchas veces era difícil de conseguir.

Por la madrugada nos juntábamos en algún café de la zona oeste de la ciudad, luego del trabajo: su novio tocaba la guitarra en los hoteles cerca del Aeropuerto, ella bailaba en un Strip Club y yo limpiaba en un shopping center. Tomábamos mucha cerveza, fumábamos, nos reíamos. No había tanto dinero, pero la pasábamos bien: la vida todavía no se había vuelto complicada.

Escribo "complicada" y tal vez sea un error. Mi amigo como yo no habíamos huido de un infierno, como era su caso. Una noche me confesó que había tenido que prostituirse para poder comer. Ahora en los Estados Unidos la vida cobraba otro sentido. Ella deseaba ser actriz —en Cuba había hecho algo de teatro—. Me contaba sus proyectos y los artistas de Hollywood con los que trabajaría. Estaba en el país donde los sueños podían realizarse. Sus palabras, por repetidas de algún panfleto publicitario, no molestaban: ansiaba que todo aquello que decía con tanta ilusión algún día se hiciera realidad.

Desde mi mesa pensaba en aquellas noches mientras ella trataba de calmar a uno de los niños que, ahora, lloraba vaya a saber por qué mientras el otro se escapaba de la mesa para ir rumbo a la calle. Cuando el guardaespaldas agarró a su hijo, inmediatamente pidió la cuenta y empezaron los preparativos para marcharse –armar el cochecito, cargar a los niños, la doggie bag…

En algún momento intenté esconderme entre las páginas del libro que llevaba de Heinrich Boll, pero era inútil: yo también estaba cambiado: con barba, el pelo corto, muchos kilos de más, e irremediablemente escéptico de todo. No me acerqué a saludarla porque en ese encuentro –y eso también era irremediable, lo sabía con dolor– saldría a la luz varias de las promesas incumplidas del pasado.

133

Muertes por suicidio:

Leopoldo Lugones (cianuro)
Alejandra Pizarnik (pastillas)
Martha Lynch (tiro en la cabeza)
Raúl Barón Biza (tiro en la cabeza)
Jorge Barón Biza (salto al vacío)
Gabriel Bañez (ahorcado)
Alfonsina Storni (arrojándose al mar desde una escollera)
Salvador Benesdra (salto al vacío)
Vicente Luy (salto al vacío)
Carlos Correas (salto al vacío, previo cortarse las venas)

134

El primer libro que Héctor Bianciotti publicó fue uno de poemas, *Salmo en las calles*.

135

A Pepe (pajarito) querido, este libro que le pertenece y que me obligó a escribir. Eterna gratitud, ya amor, firmó Hernández a Bianco un ejemplar de su primer libro de cuentos, *El inocente*.

136

En su juventud Borges tomó cocaína pero no le gustó, me dijo Bioy una vez que hablamos de drogas en su casa.

137

Este juguete para Pepe Bianco con la alegría de haberlos encontrado en París y en la amistad, firmó Cortázar a Bianco un ejemplar de la edición francesa de *Historias de cronopios y de famas*.

X

Seriamente los hermanos Daranas preguntaron qué me pasaba. Trabajo, universidad, las clases, les dije pero no me creyeron. Les mentí y confesé que tuve un problema, pero lo había solucionado. La única verdad es que pienso en X. A la mañana, durante el día, a la noche, poco antes de dormir, el recuerdo de X me tortura, hace daño, es una obsesión que no necesito: con las otras ya tengo para dos corazones.

138

Martín Kohan siempre admiró a Héctor Libertella.

139

Abelardo Castillo siempre pensó que Manuel Mujica Láinez era uno de los grandes escritores argentinos injustamente olvidados.

140

A mi Juanjo querido y admirado un cuentito para leer con antifaz azul y anteojos negros, negros. Te abrazo con ternura en cantidades considerables, firmó Pizarnik a Hernández el cuento "El hombre del antifaz azul".

141

Para Cortázar, cordialmente, firmó Vicente Fatone a Cortázar un ejemplar de *Brahmanaspati, El señor de la plegaria.*

142

Le agregué veinte líneas y le saqué treinta páginas de torpezas y canchereadas, dijo Briante al reeditar *Kincón.*

143

Rafael Pinedo obtuvo por *Plop*, su primera obra, el Premio Casa de las Américas de Novela en el 2002.

144

Te lo regalo, firmó Ricardo E. Molinari a Cortázar un ejemplar de *Cinco canciones antiguas de amigo.*

145

A Santiago esta obra sin importancia, firmó Copi a un amigo *El día de una soñadora.*

146

Juan Martini nunca quiso reeditar su primer (y único) libro de poemas *Derecho de propiedad.*

El baile de las locas

"¿Tienes algo de Pedro Lemebel?", pregunta con voz ronca y sensual el flaquito de pelo largo. Raúl Escari jugando con la frase de Simone de Beauvoir –"No se nace mujer: se llega a serlo"– decía "no se llega a ser loca: se nace loca". La definición le sienta bien al escritor y performer chileno.

Lamentablemente no tenemos nada de Lemebel. El flaquito quiere leerlo porque Bolaño lo nombró y le entró la curiosidad. Le recomiendo *Adiós mariquita linda*, libro de textos periodísticos y ensayos personales. A propósito: Lemebel nunca necesitó del título nobiliario de "cronista", simplemente lo era.

Una de las felicidades literarias, sin duda, es descubrir nuevos autores. En algunos casos, no hay que ir muy lejos para hallarlos. El planeta Lemebel se encuentra en la misma constelación en la que gravita Copi.

El flaquito agradece y se lleva *Las viejas travestís y otras infamias.*

147

Juan Martini era dueño de la librería Signos.

148

Juan Martini y Ricardo Piglia titularon las novelas que estaban escribiendo con el mismo nombre: *Respiración artificial.*

149

Algunos escritores nacidos en Bahía Blanca:

Eduardo Mallea
Héctor Libertella
Ignacio Molina
Jorge Castañeda
Jorge Boccanera
Guillermo Martínez
Sergio Raimondi
Mario Ortiz
Sonia Budassi

150

Ezequiel Martínez Estrada murió en Bahía Blanca, en 1964.

151

Amalia Jamilis murió en Bahía Blanca, en 1999.

152

Martin Kohan publicó una novela de nombre *Bahía Blanca*.

153

Juan José Saer llevó el manuscrito de *El último de los onas*, de Juan Martini, a Galerna, que finalmente lo editó.

Los años felices

–¡Ah! Estuvo Karl Krispin –dice señora pelirroja bajita emocionada y agarra libro del autor–. ¿Pero no vivía en Venezuela?

–No sé, ayer presentó *Con la urbe al cuello*. Es una novela –comento.

–Lo conozco. Estudiamos juntos en la Universidad Católica Andrés Bello. Siempre me invitaba a salir, pero yo nunca quería.

–…

–¿Cómo esta él?

–Parece que bien.

–¿Está gordo? ¿Pelado?

—No.

En eso se acerca un señor a la caja. Parece que me salvo de seguir escuchando, pero no es así... La mujer le dice: "¡Estuvo Karl Krispin!"

—¿Quién es? Un escritor ruso.

—No, chamo, es venezolano.

—¿Es su nombre artístico?

—No, se llama así. Estudiamos juntos en la universidad.

—Ah. ¿Y ese es el libro?

—Sí, amor.

El hombre mira la portada y la contratapa en la que hay una foto del autor. Lo observa unos momentos, y dice:

—Yo tengo más pelo que él.

154

Borges le dedicó a Estela Canto el cuento "El Aleph".

155

Borges le regaló el manuscrito de "El Aleph" a Estela Canto.

156

Estela Canto vendió a Sotheby's el manuscrito de "El Aleph" en 30 mil dólares.

157

Raúl González Tuñón jugó al póker con Ernest Hemingway en el hotel Gaylord.

158

Haroldo Conti daba clases de latín en colegios secundarios.

159

Juan José Saer pudo viajar por una beca a París. No sabía francés.

160

Arnaldo Calveyra pudo viajar por una beca a París. Sabía francés.

161

Guillermo Saccomanno escribe guiones para historietas.

162

Juan Sasturain escribe guiones para historietas.

163

Pablo De Santis ganó el concurso de guion de la revista de historietas *Fierro*. El primer premio era una máquina de escribir.

164

Carlos Sampayo escribe guiones de historietas.

165

Sarmiento publicó en folletín *Facundo* en el diario El Progreso de Santiago de Chile.

Ilusión

Por unos momentos pienso que es ella, Josefina Ludmer. Camina del brazo de un hombre, parece feliz. Podría estar de vacaciones o dando algún curso de verano, si ella fue profesora visitante de la Universidad de Princeton, de Harvard, de Berkeley. Su libro *Cien años de soledad, una interpretación* no sólo fue el primero que analizaba el clásico instantáneo de Gabo sino que marcó un camino.

Durante la dictadura militar argentina en los '70 enseñó teoría literaria en su hogar. Aquellas clases se conocieron como la Universidad de las Catacumbas.

Es una ilusión. Caigo en la cuenta que Ludmer falleció hace unos meses en Buenos Aires.

166

La palabra "Pampa" aparece sólo una vez en *Aniceto El Gallo*, dijo Bioy Casares.

167

Arlt murió de un ataque al corazón a los 44 años, en 1942, en una pensión del barrio de Belgrano.

168

Una máquina prensadora de ladrillos y un matasellos con fechador son otros de los inventos que patentó Roberto Arlt.

169

El amor brujo es la última novela que publico Arlt, en 1932.

170

Arlt registró su invento –medias de mujer que no se corrían los puntos de su malla– en 1934 con la patente 49.050.

171

Te mando aquí un pedazo arrancado de una media tratada con mi procedimiento. Esta media durará por lo menos un año. Su transparencia es notable. Querida Martita, tené la seguridad que esto pronto estará en marcha comercial, escribió Arlt en una carta para su hija.

172
Jorge Asís le dedicó a Haroldo Conti *Flores robadas en los jardines de Quilmes.*

173
Francisco Freyre fue la identidad que eligió Rodolfo Walsh para pasar "a la clandestinidad".

174
Una novela es la historia de un destino completo, le dijo Macedonio a Leopoldo Marechal.

175
Laura Alcoba ha escrito sus tres novelas en francés.

El señor Rímini

Llega siempre de noche, cuando faltan pocos minutos para cerrar. Es alto, con el pelo gris, flaco. Habla español con acento. Tendrá cuarenta años. Después de algunas visitas no ha sido raro saber que viene para llenar esas horas de la noche, que oscilan entre las 9 y las 11, en que los que sufren de soledad la sienten más insoportable.

Me mira a los ojos, se ríe tristemente, quiere saber de mi vida. Yo prefiero hablar de libros, y le recomiendo a Leonardo Sciascia –cuando lo nombro recuerdo a Bioy, que alguna vez me lo recomendó, de esto hace mil sábados atrás.

El señor Rímini se marcha con la promesa de comprar en su próxima visita una novela de Lobo Antunes. Me ha dicho que es su autor preferido.

Lo escucho, como siempre lo hago, aunque a veces sea con resignación, como cuando enfrentamos lo inevitable: la mezquindad del otro (o la propia).

176
Adán Buenosayres es la primera novela que publicó Marechal.

177
El banquete de Severo Arcángelo apareció 17 años después de *Adán Buenosayres*.

178
Megafón, o la guerra, tercera novela de Marechal, estaba en prensa cuando el autor falleció.

179
Conti ingresó al Seminario de los padres salesianos, el cual abandonó dos veces.

180
El texto Examinado –obra en un acto de Haroldo Conti que ganó el premio OLAT– se ha perdido.

181
Conti trabajó en la filmación de un documental sobre la Antártida.

182

Conti vivió por algún tiempo en un departamento de la calle Obligado, en Belgrano.

183

Ceremonia secreta, de Marco Denevi, ganó el Premio Life, en 1960.

184

Conti rechazó por cuestiones ideológicas una beca Guggenheim.

185

Wilcock tradujo el cuento "The Spy", de Graham Greene, para la colección A través del puente.

186

Eduardo Mallea fue Embajador de la Argentina en la UNESCO en París en 1956.

Contra los críticos II

O en palabras de Truffaut: ningún niño dice "cuando sea grande seré un crítico de cine".

187

Obras que en el título llevan la palabra Perón (o aluden a él):

La novela de Perón (Tomás Eloy Martínez)
La vida por Perón (Daniel Guebel)
La máscara sarda (Luisa Valenzuela)
El muchacho peronista (Marcelo Figueras)
Una virgen peronista (Federico Jeanmaire)
Trilogía Peronista (Patricia Suárez)
Perón vuelve (Antología)
"La imagen perdida" (Borges-Edelberg)
Las tetas de Perón (Roberto Gárriz)
"La fiesta del Monstruo" (Borges-Bioy)
Perón en Caracas (Leónidas Lamborghini)

188

Di Benedetto regresó a la Argentina en 1984 gracias a las gestiones de Ernesto Sábato, Beatriz Guido y Carlos Gorostiza. El 25 de julio de 1986 le escribió al Director de la Caja Nacional de Previsión de la Industria, Comercio y Actividades Civiles pidiendo que se lo incluyera en el régimen jubilatorio aunque hubiera dejado de aportar en 1976, debido a que fue secuestrado. A tres meses de esa carta, el autor falleció.

189

Silvia Moyano del Barco, profesora de colegio secundario de 35 años y escritora inédita, con la novela *Luz era su nombre* ganó el Premio Literario del diario *La Nación* de 1961. El jurado estaba integrado por Borges, Bioy Casares, Eduardo Mallea, Carmen Gándara y Leónidas de Vedia.

190

Estela Canto fue miembro del Partido Comunista.

Esa impostora

El jueves es la presentación de *La distancia que nos separa*. La librería parece un concierto de rock sold out. Hay clientes, muchísimas caras nuevas, gente de los consulados, escritores, periodistas, cámaras de televisión. Durante una hora y media converso con Renato Cisneros sobre su libro, que me ha gustado tanto y merece que otros lectores lo descubran. Fin de la charla, aplausos, la gente compra su libro y pregunta por los míos. Los dueños de la librería me felicitan, como otros que desconozco.

Al día siguiente regreso al trabajo. A las 7 hay otra presentación. Cuando termina, empiezo como siempre a levantar solito las sillas. Me río y pienso en la frase de Kipling –que a Borges le gustaba repetir–: "esa impostora que es la fama literaria".

191

Estela Canto y su hermano habrían escrito *Luz era su nombre*. Por una broma y por una razón ideológica habrían convencido a Moyano del Barco para que preste su nombre. El dinero del premio –100.000 pesos– sería repartido entre los tres. Los miembros del jurado jamás aceptaron el rumor.

192

Silvia Moyano del Barco nunca más volvió a publicar.

193

La noche y el barro, novela de Estela Canto, fue traducida al rumano.

194

Marcos Aguinis con *La cruz invertida* fue el primer latinoamericano que ganó el Premio Planeta, en 1970.

195

"Exilio" es el título de un ensayo escrito por Juan Gelman y Osvaldo Bayer.

196

Fogwill dijo que escribió *Los pichiciegos* en siete días.

197

El pasado de Alan Pauls ganó el Premio Herrade de Novela.

198

Para Laura Corbalán. Por Jacobina. Por la sabiduría y el fuego, escribió Mario Szichman en la dedicatoria de su libro *A las 20: 25, la señora entró en la inmortalidad.*

199

Ciencias morales de Martín Kohan ganó el Premio Herralde de Novela.

200

Los Living de Martín Caparrós ganó el Premio Herralde de Novela.

El señor Rímini

Cuando espero un Uber que me lleve a casa, me encuentro al señor Rímini en Coral Way. Con la librería ya cerrada, las luces de la vidriera destacan su mirada que siempre busca algo más. Me invita un café, o lo que quiera, agrega rápidamente al ver mi flaco entusiasmo por su propuesta. Le digo que no, que otra vez será.

Me ofrece llevarme a casa, que cancele el Uber, que podemos hablar, y otras proposiciones que no hacen más que cansarme por su relajo, por su deseo desesperado. Podría ser otro hombre, y la invitación sería la misma. Tal vez sea eso, en el fondo, lo que me molesta: la herida a mi estúpida vanidad.

201

Bajo este sol tremendo de Carlos Busqued fue finalista del Premio Herralde de Novela.

202

Parejas de escritores:

Oliverio Girondo - Norah Lange
Murena - Sara Gallardo
Julio Cortázar - Carol Dunlop
Bioy Casares - Silvina Ocampo
Marcelo Cohen - Graciela Speranza
Abelardo Castillo - Sylvia Iparraguirre
Héctor Libertella - Tamara Kamenzsain

203

"Volvedor", primer cuento publicado de Abelardo Castillo, ganó en 1959 el concurso de la revista *Vea y Lea*, con un jurado integrado por Jorge Luis Borges, Adolfo Bioy Casares y Manuel Peyrou.

204

Arturo Carrera estudió psicoanálisis con Oscar Masotta.

205
Héctor Tizón escribió la contratapa de *En el invierno de las ciudades*, libro de cuentos de Sylvia Iparraguirre.

206
Todos los funes de Eduardo Berti fue finalista del Premio Herralde de Novela.

207
De Pe a Pa de Luisa Futoransky fue finalista del Premio Herralde de Novela.

208
Diana Bellessi recorrió el continente como mochilera entre 1969 y 1975.

La llamada

Los hermanos Daranas dicen que los números no cierran. Sobre esto, me cuentan una llamada que recibieron hace algunos días. Una mujer venezolana, profesora universitaria en Chicago, se entera de la existencia de la librería por Facebook. A los pocos días sueña que los dueños quieran cerrarla, entonces decide llamar.

"No deben hacerlo. Sería un grave error", dicen que les dijo. "Hay que tomar las correctas decisiones para el éxito".

"¿Cuáles?", preguntan esperanzados los dueños, pero la mujer les confiesa que esa parte del sueño no la recuerda.

209
Escritores que murieron en España:

Lamborghini
Horacio Vázquez-Rial
Beatriz Guido
Daniel Moyano

210
Chiavetta era el apellido de Liliana Bodoc, aunque decidió utilizar como escritora el de su esposo.

211
Roberto Juarroz escribió bajo el título *Poesía vertical* catorce libros, desde el primero publicado en 1958 hasta el último, póstumo, en 1997.

212
No se turbe vuestro corazón, primera novela de Eduardo Belgrano Rawson, se publicó por Ediciones de la Flor en 1974.

213
Arca es el apellido de Angélica Gorodischer, aunque decidió utilizar como escritora el de su esposo.

214

Diana Bellessi vivó durante un tiempo en Fuerte Apache.

215

Jorge Boccanera vivió ocho años en Costa Rica.

216

Una vez Argentina de Andrés Neuman fue finalista del Premio Herralde de Novela.

217

Bariloche de Andrés Neuman fue finalista del Premio Herralde de Novela.

Castillo

¿Cuál es el homenaje que le puede hacer un librero a un escritor que acaba de fallecer?

Recomendar sus obras, claro. Y también ponerlas en la mesa de "novedades", la que está poblada de best sellers y libros de autoayuda, para que un lector distraído las tome y descubra entre sus hojas que hay otra literatura.

Por culpa del milagro adverso –dixit Bioy Casares–, coloco *Las maquinarias de la noche* junto a *Los diarios de Emilio Renzi*, que hace algunos meses puse en esta mesa, una tarde tan triste como la de hoy.

218

A Fernando Mazzeo, alias Tweety, malo como el pájaro. A Ana O'Donnell y Omar Recchia, que me ayudaron en los tiempos difíciles, escribió Alberto Laiseca en la dedicatoria de *La mujer en la muralla*.

219

Buenos, lindos y limpios de Vera Fogwill fue finalista del Premio Herralde de Novela.

220

Daniel Guebel y Sergio Bizzio escribieron *El día feliz de Charlie Feiling*.

221

A Juan Manuel Lynch, con cuya ayuda espiritual, moral y aun física he podido vivir, escribió Marta Lynch en la dedicatoria de *La alfombra roja*.

222

A Juan Manuel Lynch, por nosotros dos, escribió Marta Lynch en la dedicatoria de *Al vencedor*.

223

A Alberto Girri y Enrique Pezzoni, escribió Marta Lynch en la dedicatoria de *Informe bajo llave*.

224

Dedico este libro a la R.O. Del Uruguay, tierra de mi abuela, tierra generosa y hospitalaria, escribió Silvina Bullrich en la dedicatoria de *Mañana digo basta*.

225

Eduardo Mignogna ganó el Premio Casa de las Américas por el libro de cuentos *Cuatro Casas*, en 1976.

226

María Angélica Bosco fue la primera escritora que cultivó el género policial en Argentina.

Dialoguito conocido

—All books are in Spanish?
—Yes, they are.
—Why?

227

María Angélica Bosco y Elvira Orphée ganaron el concurso de las escritoras mejor vestidas de Buenos Aires.

228

La muerte baja en el ascensor, de María Angélica Bosco, fue elegida por Borges y Bioy Casares para la colección Séptimo Círculo.

229

Elvira Orphée fue amiga de Italo Calvino y Alberto Moravia.

230

Rabia de Sergio Bizzio fue traducida al inglés.

231

Fui amiga de Juan José Hernández, pese a su toda su ironía, dijo Elvira Orphée.

232

María Angélica Bosco tradujo a Flaubert y Calvino.

233

Elvira Orphée escribía poemas. Solía leérselos a H. A. Murena, hasta que un día éste le dijo que mejor intentara con la prosa. Así comenzó su carrera de narradora.

234

Murena se enamoró de Elvira Orphée.

235

La novia de Frankenstein, con Boris Karloff y Elsa Lanchester, fue la primera película que vio en su vida Manuel Puig.

236

Arlt hizo el servicio militar obligatorio en Córdoba. Se quedó a vivir cuatro años en esa provincia.

El diablo está en los detalles

Cada vez que se presenta un libro, lo más molesto es ordenar las sillas y llevarlas a su sitio, detrás del salón. A menudo, nadie mueve un dedo para ayudar. La otra noche el evento era sobre un libro de psicoanálisis. Entre el público había solo mujeres.

En un momento tuve que ir al baño, cuando regresé, todas las sillas estaban guardadas en su sitio.

237

Gustavo Nielsen ilustra las tapas de sus libros con pinturas y dibujos propios.

238

Marta Traba falleció junto a su marido el crítico Ángel Rama y el escritor mexicano Jorge Ibargüengoitia en un accidente de avión el 27 de noviembre de 1983.

239

Arlt era socio del YMCA donde tomaba clases de gimnasia tres veces por semana.

240

Pablo Brescia y Martín Rejtman son los únicos escritores argentinos incluidos en la antología *Se habla español: Voces Latinas en USA.*

241

Marcelo Figueras cantó "Fue amor" junto al rapero Jazzy Mel.

242

Fernando Noy dormía en un colchón que perteneció a Lamborghini.

243

Con Marta, a todos los compañeros, escribió Haroldo Conti en la dedicatoria de *Mascaró, el cazador americano*.

244

Ernesto Schoo tradujo algunos libros de Bianciotti, entre ellos, *Como la huella del pájaro en el aire*.

245

La biblioteca personal de Cortázar fue donada por su viuda y albacea Aurora Bernárdez a la Fundación Juan March de Madrid.

246

Muchos libros de Humberto Costantini han sido traducidos al inglés, entre ellos, *De dioses, hombrecitos y policías*.

Aira

Que yo sepa, nadie ha preguntado por las novelas –numerosas en el estante– de Cesar Aira. Tranquilas, esperan a unos centímetros de distancia del lustroso y olvidado Miguel Ángel Asturias.

247

Güiraldes tuvo como secretario personal a Roberto Arlt.

248

Escritores-cineastas:

Rejtman
Cozarinsky
Sergio Bizzio
Ricardo Becher
Eduardo Mignogna

249

Toda la obra de Sherlock Holmes me sirvió después para hacerle una crítica a Dostoievski, confesó Jacobo Fijman.

250

César Tiempo era el seudónimo de Israel Zeitlin.

251

Jacobo Fijman vivió 28 años en un hospital psiquiátrico de Buenos Aires.

252
Leopoldo Brizuela estudió canto con Leda Valladares.

253
La locura de ser santo, de Manuel Gálvez, fue la primera novela del autor que se publicó de manera póstuma.

254
Leopoldo Brizuela grabó una baguala en *Grito en el cielo*, un proyecto discográfico de Leda Valladares.

255
Manuel Puig hizo el servicio militar obligatorio en Buenos Aires. Realizó tareas de traducción.

Los clientes del mes

Desde el jueves llueve en la ciudad. Pocas ventas, tiempo para leer y tomar café. El señor Rímini compró una guía turística del Uruguay. No sé por qué –o tal vez sí– me recomienda de Lobo Antunes *En el culo del mundo*. En pocos días se tomará unas vacaciones.

A la hora cayó Olmos. Se llevó un librito de economía y otro de Camilo Pino, la novela *Mandrágora*. Me dijo que mi adquisición, por parte de los hermanos Daranas, era muy buena para la librería. Me reí y él también.

256
Escritores-dibujantes:

Fontanarrosa
Vera
Miguel Brascó
Copi

257
El primer guion que escribió Puig lo hizo en inglés, *Ball Candelled*.

258
La tajada es el primer guion en español que escribió Manuel Puig.

259
Puig comenzó a escribir su primera novela, *La traición de Rita Hayworth*, en Roma.

260
Puig continuó escribiendo *La traición de Rita Hayworth* en New York.

261

Puig terminó *La traición de Rita Hayworth* en New York y gracias a que trabajaba en Air France consiguió pasajes para empleados y se fue de vacaciones a Tahití

262

Alberto Manguel trabajó en una editorial en Tahití.

263

Estas flores me recuerdan funerales fue el título que pensó Puig para *The Buenos Aires Affair*. La frase la pronuncia Greta Garbo en el film *Grand Hotel*.

264

Puig escribió parte de *El beso de la mujer araña* en una biblioteca pública de New York.

Resumé

Cuando falta muy poco para el verano es más la gente que entra a pedir trabajo que clientes en la librería. Muchos dicen que tienen Masters y Doctorados de esas universidades súper caras de los Estados Unidos, y otros, los menos, que les gusta leer. También dicen que no les importa que la paga sea poca, ya que creen que trabajar en una librería es vivir en el paraíso.

265

Arlt concurría a la Biblioteca Anarquista ubicada en Terreno al 500, del barrio de Flores.

266

Arlt en su adolescencia solía desayunar en la casa de Nalé Roxlo.

267

Salvador Benesdra tenía problemas al hablar.

268

Salvador Benesdra estuvo internado por problemas mentales en el Hospital Sain- Anne de París en 1977.

269

Salvador Benesdra regresó a la Argentina en 1982. Empezó a trabajar en el diario *La Voz*.

270

Juan José Hernández le dedicó el cuento "Anita" a Silvina Ocampo.

271

Beatriz Guido conoció a Leopoldo Torre Nilsson en casa de Ernesto Sábato.

272

Martín Caparrós se inventó un pasado montonero, dijo Fogwill.

273

C. E. Feiling y Rodrigo Fresán eran compañeros de escritorio en el diario *Página 12*.

274

C. E. Feiling fue el mejor promedio de su promoción en la carrera de Letras de la Universidad de Buenos Aires.

275

El mal menor, de C. E. Feiling, es la primera novela de terror argentina.

El hábito parece que sí hace

En una fiesta me olvidé la campera –la única que tengo – así que llego a la librería con un saco. Me doy cuenta de que cuando entra alguien, me habla como si fuera el dueño. Quiero decir: creen que soy el dueño.

A los verdaderos dueños los ignoran, es como si no existieran. No sólo los hombres, también las mujeres.

Trataré de recuperar pronto mi campera.

276

Alberto Gerchunoff dejó *La Nación* donde era editorialista para ser el primer director del diario *El Mundo.*

277

Luis Chitarroni relee cada dos años *El Mal menor.*

278

C.E. Feiling publicó en vida tres novelas: *El agua electrizada, Un poeta nacional* y *El mal menor.*

279

Mientras escribía *Se esconde tras los ojos* releía a Quevedo, Góngora, Jonathan Swift, Alexander Pope –mucho de *The Rape of the Lock*–, Jane Austen, comentó Pablo Toledo.

280

Todo aquel que pueda estar junto a usted sentirá la imperiosa necesidad de quererlo. Y le agasajarán a usted, y a falta de algo más hermoso le ofrecerán palabras. Por eso le dedico este libro, escribió Arlt en la dedicatoria de *El juguete rabioso* a Güiraldes. Esta apareció sólo en la primera edición de la novela.

281

Mis agradecimientos a Guillermo Saccomanno y Sergio Olguín, escribió María Inés Krimer en la dedicatoria de *La hija de Singer*.

282

Para Beatriz Morales Delgado, Lucas y Eva Soares y Gerardo Maeso, escribió Norberto Soares en la dedicatoria de *Gente que baila*.

283

A todos mis amigos: ustedes, que mantienen siempre la vida en movimiento, escribió Eduardo Sacheri en la dedicatoria de *Papeles en el viento*.

284

Saer le dedicó a Ricardo Piglia *La Pesquisa*.

Zurita

Ella dice que siempre ha leído a Raúl Zurita de prestado. Nunca ha tenido un libro, y quiere uno. Recita un poema con su voz clara y firme, musical en mitad de la noche.

Lo compra, se ríe con ojos tristes.

Cada hombre

Cada mujer

Busca su corazón tatuado.

285

Obras que en el título llevan la palabra Evita (o aluden a ella):

Eva, Alfa y Omega (Aurora Venturini)
La carne de Evita (Daniel Guebel)
Santa Evita (Tomás Eloy Martínez)
Evita Perón (Copi)
La aventura de los bustos de Eva (Carlos Gamerro)
"Esa mujer" (Walsh)
"Eva Perón en la hoguera" (Leónidas Lamborghini)
"Evita vive (en cada hotel organizado)" (Néstor Perlongher)
"El simulacro" (Borges)
La furia de Evita (Marcos Aguinis)
"La señora muerta" (Davis Viñas)
A las 20:25 la señora entró en la inmortalidad (Mario Szichman)
La pasión según Eva (Abel Posse)

286

C. E. Feiling dio clases de Literatura Hispanoamericana en la Universidad de Nottingham, Inglaterra.

287

Puig escribió sus primeras historias (guiones para cine) en inglés e italiano.

288

Alberto Manguel escribe en inglés y español.

289

C.E. Feiling, aunque fue un descubrimiento tardío, tiene cosas que me marcaron mucho, dijo Toledo.

Oficio

En la misma fiesta que olvidé mi campera –ya la recuperé– un escritor que cada vez que me ve en un evento no me saluda, se me acercó amablemente. Hablamos, se rió de mis comentarios, incluso fue a buscar vino, y compartimos algunas drogas. Tanta amistad repentina –Bolaño otra vez: el oficio de escribir está poblado de canallas y de tontos– me pareció sospechosa. A la segunda copa me sugirió que colocara sus novelas en la vidriera de la librería. Al cuarto vino y porro, me pidió que las recomendara.

290

Sus últimos libros –más de una veintena– Wilcock los escribió en italiano.

291

Wilcock recibió después de muerto la nacionalidad italiana.

292

Rafael Pividal escribió toda su obra en francés, aunque vivió en Argentina hasta los 18 años.

293

Las solapas de los libros de Alberto Manguel señalan que es un autor "internationally acclaimed for his award-winning books".

294

Puig escribió en portugués la novela *Sangre de amor correspondido* y la comedia musical *Gardel, uma lembrança*.

295

Rafael Pividal ganó el premio Goncourt por el libro de cuentos *Le Goût de la catastrophe* en 1991.

296

Este o este y *El sabor de la catástrofe* son las únicas obras traducidas al español de Pividal.

297

Manuel Puig publicó su primera novela, *La traición de Rita Hayworth*, a los 36 años.

298

Cortázar publicó su primer libro de cuentos, *Bestiario*, a los 36 años.

299

Silvina Ocampo publicó su primer libro de cuentos, *Viaje olvidado*, a los 36 años.

El enamorado equivocado

Llegó con flores en medio de la presentación. Me dijo: "son rosas para Juliana". Debió notar mi cara de no entender qué sucedía, que el muchacho se explicó mejor: "Juliana, la escritora que hoy presenta su libro". Entonces entendí: el muchacho se había equivocado de lugar. Debía cruzar la calle donde está la otra librería y el evento de Juliana.

Me hubiera gustado estar presente cuando el joven entregó esas rosas.

Lit argentina

El otro día los hermanos Daranas cayeron de sorpresa. "¿Qué es eso?", preguntó Montiel al ver el cuaderno de tapa roja y espirales. Le comenté que eran unos apuntes que tomaba para una charla que debía dar en una universidad en poco tiempo. Reinaldo Abel leyó:

317
Humberto Costantini tiene una placa en la plaza Martín Rodríguez, del barrio porteño de Villa Pueyrredón.

318
Paola Kaufmann es el nombre de una plaza en General Roca, Río Negro, que la homenajea.

"Ya sabes, nos gusta que estés informado y hagas tus cosas", dijo Abel con un aire, noté, levemente paternalista, "pero las ventas siguen mal. Todos estamos poniendo el hombro a la situación".

Ya había oído eso en diferentes oportunidades, así que en silencio me puse a ordenar libros. No sé si el inconsciente me jugó una broma al elegir la sección "Policiales", pero el azar seguro que sí. El primero que agarré fue el del padre del actor Daniel Day-Lewis, que escribía con el seudónimo de Nicholas Blake: *La bestia debe morir.*

El muchacho de las sillas

¿Y si no fuera un muchacho? La voz puede engañar. Tal vez sea un hombre (¿de cincuenta?). Y bello. La próxima vez que llame buscaré una excusa para encontrármelo.

300
Escritores argentinos que no nacieron en Argentina:

Pablo Urbanyi (Hungría)
Antonio Porchia (Italia)
Jacobo Fijman (Bessarabia)
César Tiempo (Ucrania)
Antonio Dal Masetto (Italia)
Paul Groussac (Francia)
Alfonsina Storni (Suiza)
Julio Cortázar (Bélgica)
Virginia Cosin (Venezuela)

301
Jacobo Fijman murió de edema pulmonar agudo en un hospital psiquiátrico de Buenos Aires.

302
Jacobo Fijman aparece como el filósofo Samuel Tesler en *Adán Buenosayres*, de Marechal.

303
Jacobo Fijman aparece como Jacobo Fiksler en *El que tiene sed*, de Abelardo Castillo.

303

El fideo más largo del mundo es el único libro que publicó Bernardo Jobson.

304

Gente que baila es el único libro que publicó Norberto Soares.

305

C. E. Feiling murió de leucemia a los 36 años.

Bla, Bla, Bla

La señora, que caminó durante un buen rato, agradece que el aire acondicionado funcione: sentada, con las piernas abiertas, ojea un libro. Es el tercero que pide. Busca escritoras españolas. Rosa Montero la convence. Me dice que ha leído algunos de sus artículos en la prensa.

También me dice que una vez se la topó en el Aeropuerto de Barajas cuando ella debía hacer combinación de vuelo para Monterrey. La señora agrega que nació en América Latina, pero no puntualiza en qué país. Desde los años '70, remarca, vive en la ciudad de París. Durante el tiempo que lleva sentada la señora me ha dicho muchas cosas. Por ejemplo, que volverá más tarde para comprar el libro de Rosa Montero (es una mentira, lo sé) y que París ya no es lo que era. "Demasiados árabes", dice mientras Rosa Montero le sirve de abanico.

El otro jueves leí en *Esquire* un top ten de frases políticamente incorrectas de la literatura norteamericana.

Lideraba la lista Bukowski que hacía referencia que en un bar había "demasiados negros".

La señora continúa su queja sobre el París del siglo XXI, tan lejos del que alguna vez conoció. La señora, en rigor, está lejos de demasiadas cosas.

306

En nuestro país, de la literatura viven las editoriales, las imprentas, los talleres de fotocomposición, las distribuidoras, las librerías, los kiosqueros, la ley 11.723, el corrector de pruebas, lo cual involucra ya a tanta gente que hasta parece justo que el autor, no, dijo Bernardo Jobson.

307

El carnet de Dios se llama una obra de teatro que permanece inédita de Bernardo Jobson.

308

Primero publicar y después escribir, dijo Lamborghini.

309

Arturo Jacinto Álvarez fundó la pequeña editorial La Perdiz en 1948.

310

La Perdiz publicó 8 libros, entre ellos, *La cruzada de los niños*, de Marcel Schwob, con traducción de Ricardo Baeza, prólogo de Jorge Luis Borges e ilustraciones de Norah Borges.

311

Los perros del paraíso, de Abel Posse, ganó el premio Rómulo Gallegos 1987.

312

Santo oficio de la memoria, de Mempo Giardinelli, ganó el premio Rómulo Gallegos 1993.

313

Blanco nocturno, de Ricardo Piglia, ganó el premio Rómulo Gallegos 2011.

314

"Parade", telón de fondo pintado por Picasso en 1917 para los Ballets Rusos de Serge Diaghilev, perteneció en la década del '50 a Arturo Jacinto Álvarez. Dicen que es la obra más grande del artista con una superficie de 170 metros cuadrados y 45 kilogramos de peso. Su valor es incalculable.

Viejo lobo

Se murió a los 88 años uno de los creadores del Nuevo Periodismo, autor de laboriosas crónicas pobladas de datos y detalles certeros, dos novelas buenas como *La hoguera de las vanidades* y *Todo un hombre*, y una muy mala sobre Miami, *Back to Blood*.

Como réquiem –en estos meses ha habido demasiados– coloco algunos de sus libros en la mesa de "novedades". El escritor vestido de impecable traje blanco, como el señor sureño que siempre quiso ser, no se llevaba con Truman Capote, otro sureño y padre del Nuevo Periodismo. Debería colocarlos juntos, a modo de hacer las paces, pero hoy no es conveniente, ya que no haría justicia con uno de los atributos que profesó Wolfe: la vanidad.

315
Arturo Jacinto Álvarez publicó su única novela *Esvén* en 1961.

316
Siendo pobre siguió siendo interesante. Qué raro, dijo Mujica Lainez sobre Arturo Jacinto Álvarez.

317
Arturo Jacinto Álvarez es un personaje en *Invitados en el paraíso* de Manuel Mujica Lainez, en *El común olvido* de Sylvia Molloy y en *Adán Buenosayres*, de Marechal.

318
Arturo Jacinto Álvarez murió en un asilo de ancianos de la provincia de Buenos Aires.

319
Ernesto Sábato murió a los 99 años.

320
Juan Filloy murió a los 105 años.

321
Frío, de Rafael Pinedo, fue finalista del Premio Planeta 2004.

322

Rafael Pinedo falleció en Buenos Aires en el 2006.

323

Plop, Frío, Subte y "El laberinto" –finalista en el II Premio Internacional Terra Ignota de Cuento Fantástico de México– son todas las obras publicadas de Rafael Pinedo.

324

En YouTube hay una entrevista, la única, a Rafael Pinedo. Parece un hombre simpático.

Antes del fin

Un cambio de hora en mi schedule les ha servido a los dueños para decirme lo que sé muy bien desde hace tiempo: en dos semanas, la fecha del próximo cheque, decidirán si continúo trabajando.

Comentan que la librería es cada vez más conocida pero las ventas este mes han bajado. Cuando les pregunto por qué creen que eso sucede, se enojan, ya que piensan que estoy a la defensiva: que es mi error de vendedor. Así y todo, dicen que debo vender más, ser incisivo sin ser pesado con los clientes, que la mesa de "novedades" –los libros que elijo– no tiene que estar "cargada": menos literatura y más libros de autoayuda y best sellers.

En 15 días será lo mismo, o peor: es verano y por acá todo se vuelve un páramo.

325

El sabor de la catástrofe se editó en Argentina gracias a Tomás Abraham, amigo de Pividal.

326

Tomás Abraham escribió el prólogo de *El sabor de la catástrofe*, que a Pividal nunca le gustó.

327

Pividal era profesor de sociología del arte en la Sorbonne.

328

Cortázar se radicó en París a los 37 años, en 1951.

329

Pividal se radicó en París a los 18 años, en 1952.

330

Cortázar fumaba Gauloises.

331

Pividal fumaba Pall Mall.

332

Feiling fumaba Particulares 30 y abría el atado por abajo.

333

Copi fumaba Marlboro y porros.

334

Arnaldo Calveyra se radicó en París a los 30 años, en 1960.

335

Silvia Baron Supervielle se radicó en París a los 26 años, en 1961.

336

Bianciotti se radicó en París a los 30 años, en 1961.

For Export

"Ah, mirá vos, te estás leyendo un librito. ¿Qué es? Yo soy escritor". De pronto levanto la mirada y no hace falta escuchar más: típico argentino de exportación que se cree dueño del carisma del actor Ricardo Darín, y habla forzando el acento, porque alguien le ha dicho que a la gente le encanta el acento de los argentinos. Dueño de un bronceado imperecedero, confunde amabilidad con mala educación, ese entrometerse en todo.

Sonrío con un leve cansancio y vuelvo a lo mío: Coetzee, *Juventud*. Utilizar la tercera persona para contar la propia vida, de manera atenta y clara, como lo hace el sudafricano, no sólo es liberador sino una virtud que asume humildad. El tipo repite que es escritor, pero en la computadora no figuran sus libros, para mala suerte del argentino (no, no publica autoayuda: lo suyo, dice, son las sagas, "tipo *Games of Thrones*, pero mejor"). Promete hablar con su agente (la palabra la subraya) para que sus novelas estén en la librería.

Me pregunto si más de un autor que tengo en mis apuntes de Lit argentina no debió de ser así.

Prefiero jamás averiguarlo.

337

Copi se radicó en París a los 22 años, en 1962.

338

Juan José Saer se radicó en París a los 31 años, en 1968.

339

Pividal murió de cáncer de boca en París, en el 2006.

340

Concierto de jazz, de Jorge Accame, fue finalista del Premio Rómulo Gallegos en el 2001.

341

Para Eduardo, Oscas y Iván, escribió Norma Aleandro en la dedicatoria de su libro *Diario Secreto*.

342

"El Matadero", de Echeverría, fue publicado después de su muerte, recién en 1871.

343

Operación Masacre, de Rodolfo Walsh, se adelantó en algunos años a la literatura de no ficción, difundida en el mundo por Truman Capote con *A sangre fría*.

344

El 24 de marzo de 1977 Walsh escribió "Carta abierta de Rodolfo Walsh a la Junta Militar" donde denunciaba los crímenes de la dictadura.

345

Al día siguiente de publicar "Carta abierta de Rodolfo Walsh a la Junta Militar", el escritor fue asesinado en una emboscada por militares.

346

Juan Forn trabajó como corrector en la editorial Emecé.

347

"Feo, judío y errante", se autodefinía Germán Rozenmacher.

Vacaciones

Por compromisos en la universidad pasé de ser un librero nocturno a uno diurno, con lo que un nuevo escenario se ha presentado. Descubro que me gustan las mañanas y el silencio en el que por un buen rato leo, sin tantas presentaciones de libros y sin escuchar peroratas –aquí también Leonard Cohen "Everybody talking to their pockets".

Estar completamente solo rodeado de libros es regalarse un ticket al mejor lugar.

348

Escritores que concurrieron al Colegio Nacional de Buenos Aires:

Marcelo Cohen
Macedonio Fernández
Rafael Obligado
Ricardo Gutiérrez
Ricardo Güiraldes
José Ingenieros
Daniel Samoilovich
Enrique Larreta
Ana María Shua
Miguel Cané
Alberto Manguel
Baldomero Fernández Moreno
Martín Kohan
Martín Caparrós
Eugenio Cambaceres
Marco Denevi

349

Hugo Mujica es sacerdote.

350

Daniel Freidemberg abandonó el Partido Comunista a mediados de los '80.

351

Borges en/y/sobre cine, de Edgardo Cozarinsky, tiene un prólogo de Bioy Casares.

El último libro

¿Será una biografía de Winston Churchill? ¿Uno de la historia de Francia? ¿Un manual de cocina tailandesa? ¿Acaso de una autora como Isak Dinesen? ¿O tal vez del engreído de Martin Amis? Podría ser un libro de poesía, cualquiera, y entonces me marcharía a casa menos triste.

Pero quizá la derrota siempre sea ruin y el último libro que entregue se llame *El monje que vendió su Ferrari*.

O peor aún: *De gordita a mamacita*.

352

Juan Forn trabajó como asesor literario de la editorial Emecé.

353

Escritores-psicoanalistas

Luis Gusmán
Carlos Chernov
Osvaldo Lamborghini
Edgardo Scott
Eduardo Pavlosky
Germán Leopoldo García

354

Ana María Shua se radicó brevemente en París a causa de la dictadura militar en 1976.

355

Wilcock se recibió de ingeniero civil. Durante un tiempo estuvo trabajando en Mendoza.

356

El Ingeniero, novela de Wilcock, se publicó póstumamente.

357
Alejandra Pizarnik tenía como primer nombre Flora.

358
En París, Alejandra Pizarnik vivía en un pequeño departamento frente a la iglesia de Saint Sulpice.

359
Silvina Ocampo recomendó a Juan José Hernández para entrar en el diario *La Prensa*.

Habla, memoria

Faltan pocas páginas para que este libro llegue a su fin. Hace más de veinte años, movido por su entrañable *Memorias de un librero*, fui al local que tenía Héctor Yánover. Hablé con él sobre sus poemas, de escritores argentinos que también trabajaron en una librería –Lamborghini, Blaisten, Arlt –, y descubrimos que teníamos una novela favorita en común: *El gran Meaulnes.*

Como sus memorias, la mayor satisfacción sería que este libro aguarde a un lector.

360

Héctor Libertella y Tamara Kamenszain vivieron durante 1975 en Nueva York.

361

Pablo Ingberg recibió por el sobrino de la poeta parte de la biblioteca de Alejandra Pizarnik.

362

En el 2007 Pablo Ingberg vendió los libros de Pizarnik a la Biblioteca Nacional.

363

Rodolfo Rabanal actúa de mozo en el film *Gombrowicz o la seducción*, de Alberto Fischerman.

364

Por un papel me puedo coger a cualquier pibe, dijo Fernando Noy.

365

En París, Silvina Ocampo intentó tomar clases con Picasso pero nunca la recibió. Un día conoció a Giorgio de Chirico y estudió con él durante seis meses.

366

Silvina Ocampo le regaló un reloj a Enrique Pezzoni.

367

Silvina Ocampo le dedicó a Borges el poemario *Enumeración de la patria*.

368

Gonzalo Garcés concurría a los talleres literarios de Abelardo Castillo.

369

Pablo Ramos concurría a los talleres literarios de Abelardo Castillo.

370

Bioy le dedicó a Borges *La invención de Morel*.

371

Paola Kaufmann asistió durante cuatro años al taller literario de Abelardo Castillo

Lazing on a Sunday Afternoon

Fútbol y asado, dos palabras que invitan a la fraternidad modesta —¿el saber del encuentro, Fogwill?— entre la gente, algo a lo que siempre le he escapado. Tal vez por eso me gusta trabajar los domingos, es un día perfecto para leer y hablar sobre literatura.

Al fútbol y al asado se le sumaría la playa, lugar que me parece insoportable por la arena y las familias domingueras.

Prefiero que la vida me sorprenda de otra manera.

372

A Sheridan LeFanu, por ciertas casas. A Antoni Taulé, por ciertas mesas, escribió Cortázar en la dedicatoria del cuento "Fin de etapa"

373

Mempo Giardinelli fundó y dirigió la revista *Puro Cuento*.

374

La invención de Morel es la novela que Borges nunca escribió, dijo Juan Martini.

375

Ernesto Montequin encontró una obra inédita de Silvina Ocampo en un cuaderno que le había regalado Alejandra Pizarnik.

376

Bioy escribió a los 26 años *La invención de Morel*.

377

La escribí en frases cortas para no equivocarme, comentó Bioy sobre *La invención de Morel*.

378
Silvina Ocampo murió a los noventa años en Buenos Aires.

379
Ernesto Montequin prepara una biografía sobre Wilcock.

380
Bioy debería dejar de publicar, dijo Borges por la salida de la novela *Aventuras de un fotógrafo en La Plata*.

381
Bioy sabe que publicó mucho, dijo Abelardo Castillo.

382
Manuel Puig se inscribió en la Facultad de Arquitectura, aunque sólo duró un par de meses.

Cien mañanas de soledad

No es el dinero, ni el idioma, ni los papeles en los Estados Unidos. Es lidiar con la soledad, hacerle frente y, si no ganarle, simular que uno está mejor. Hay muchos ancianos que llaman por teléfono simplemente porque están solos y necesitan conversar con alguien. Preguntan sobre libros extraños –que de antemano saben imposibles de conseguir– o comentan alguna noticia que salió por la televisión. Se quejan del presente del mundo. Ayer uno me preguntó si el tablero de ajedrez servía para jugar a las damas.

Los llamados son a media mañana. Cuando los ancianos que se han levantado al amanecer, para el mediodía, ya no saben con qué más llenar las horas, porque obviamente sus hijos están en otras ciudades soportando el frío, ocupados en algo tan importante y digno como es el trabajo...

383

Manuel Puig perdió por dos votos el premio de novela Biblioteca Breve.

384

Héctor Libertella y Tamara Kamenszain vivieron en México entre 1979 y 1984.

385

Eras para mí la vida entera se llamó la primera versión de *Boquitas Pintadas*.

386

Juan Forn tradujo *Bullet Park*, de John Cheever.

387

Juan Forn tradujo *País de nieve*, de Yasunari Kawabata.

388

Antonio Dal Masetto trabajó de albañil, heladero, vendedor ambulante de artículos del hogar, empleado público, periodista.

389

La antología *Dark Arrows, great stories of revenge*, de Manguel, incluye el cuento "Uncle Facundo", de Isidoro Blaisten.

390

Isidoro Blaisten era dueño de una librería.

391

Alberto Manguel trabajaba en su adolescencia en la librería Pygmalion de Buenos Aires.

392

Alan Pauls conoció personalmente a Lamborghini en una pequeña librería de la avenida Santa Fe. Lo que más recuerdo de ese encuentro es su mano blanda y húmeda, comentó.

Under construction

Están remodelando la calle, aunque en verdad, daría la sensación que construyen la Muralla china: nunca terminan. Desde hace meses los obreros trabajan día y noche, y siempre falta un poco más. La gente de los otros negocios se ha quejado, pero en vano: sólo reciben cartas color pastel con grandes membretes del Condado afirmando que muy pronto finalizarán las obras.

Cuando llegué el otro día a la mañana, me encontré con un espectáculo de terror: podaron todos los árboles que había en la vereda. Así entonces el paisaje lentamente, pero seguro, va mutando en uno impersonal, como todos los centros comerciales de Estados Unidos. Cuando suceda, ya no estaré trabajando aquí.

393

Silvia Baron Supervielle ha escrito gran parte de su obra poética en francés.

394

Gonzalo Garcés fue el primer autor argentino que ganó el Premio Biblioteca Breve con *Los impacientes*, en el 2000.

395

Gonzalo Garcés tiene una novela de título *El futuro*.

396

Alan Pauls tiene una novela de título *El pasado*.

397

Pedro Orgambide vivió nueve años exiliado en México.

398

Edgardo Cozarinsky fue el primer argentino que publicó con el libro *Vudú urbano* en la colección Narrativas hispánicas de la editorial Anagrama.

399

Vudú urbano tiene prólogos de Susan Sontag y Guillermo Cabrera Infante.

400

Edgardo Cozarinsky aparece como extra en su película *Ronda nocturna*.

401

Diego Paszkowski al ganar el premio La Nación de novela por *Tesis sobre un homicidio* le pidió a Juan José Saer que le escribiera un prólogo. Saer le contestó que podría escribir una crítica sobre el libro.

402

Pablo Urbanyi comenzó a hablar español a los 8 años.

403

Bioy Casares le puso a su perro el nombre de Áyax.

Todas las celebraciones del mañana

Queridos hermanos Daranas:

Tengo debilidad por las formas breves, así que iré a lo que importa: gracias por el tiempo que pasamos juntos. Para mí ha sido difícil, ya que suelo esquivar la compañía como la luz de las mañanas. Pero he recibido alegría, belleza y muchísimo más. Escribo y surgen nuevos recuerdos. Cuando lean la carta, yo no estaré en la librería, aunque esto no es una despedida –que las detesto–, apenas un paréntesis, un hasta luego, una celebración para el mañana.

404

Marcos Sastre fue el fundador del Salón Literario.

405

Santiago Sylvester vivió durante casi 20 años en España.

406

Saer pasaba muchas noches jugando al póker en un club cerca de L'Opera, en París.

407

Bulgaria es el nombre del barco italiano que trajo a Porchia junto a su madre y seis hermanos a la Argentina.

408

Vlady Kociancich trabajó durante un tiempo como empleada en una joyería.

409

Una extraña felicidad, de Vera, tiene de portada una pintura de Gustavo Nielsen.

410

La Vida Entera, novela de Juan Martini, tiene un prólogo de Cortázar.

411

¿Por qué, si nunca tuvimos apogeo, tenemos decadencia?, solía decir Feiling.

412

Abelardo Castillo conoció a Sylvia Iparraguirre en el Café Tortoni, en 1969.

413

Esteban Echeverría murió de tuberculosis en Montevideo en 1851.

414

Todo hay que hacerlo acá, decía Laiseca.

Sobre *Una extraña felicidad (llamada América)*:

"Uno de los más auspiciosos debuts de escritores de lengua española en los Estados Unidos."
Claudio Iván Remeseira

"Con sólido dominio del tema, Hernán Vera Alvarez, o solamente Vera, como se identifica en la portada de su libro, incursiona en distintas aristas de una realidad muy compartida. El dejar atrás todo para comenzar en otro sitio."
Luis de la Paz

"Una colección de cinco relatos impactantes. No es un libro para los blandos de corazón, pero lo recomiendo. A todos. A los blandos de corazón también, que endurecerlo nunca viene mal."
Teresa Dovalpage

Sobre *Viaje One Way, narradores de Miami:*

"*Viaje One Way* puts a microphone to the voices of those whose lives we can most closely relate to, yet don't hear enough from."
Allan Guzman

"Relatos que revelan una ciudad mucho más compleja que la que se conoce."
La Vanguardia (España)

"A mirror of the 21st-Century Miami."
WLRN-Miami Herald News (Estados Unidos)

"Una antología necesaria para seguir explorando las transformaciones del ser migrante."
Fernando Olszanski

Sobre *Miami (Un)plugged:*

"Después de *Miami (Un)plugged* la ciudad de Miami no volverá a ser la misma. De la misma manera que Buenos Aires es otra después de las escrituras de Boedo y Lima no es la misma después de Conversación en La Catedral, *Miami (Un)plugged* convierte a Miami en una "ciudad escrita".
Fabián Soberón

"La Miami de playas y palmeras brilla por su ausencia."
La Vanguardia (España)

"Vera Alvarez y Pedro Medina León, junto a Gastón Virkel y Andrés Pi Andreu, también son los artífices del movimiento literario en español más importante de las últimas décadas en Estados Unidos y que bajo la rúbrica de "Grupo SED" amagan con cambiar por completo el panorama internacional de las letras en castellano. De Miami para el Mundo."
Xalbador Garcia

"Literatura hispana va tomando la importancia que merece gracias al esfuerzo de talentosos escritores locales."
Univision.com (Estados Unidos)

"En *Miami (Un)plugged* se cuenta cómo es Miami, o mejor dicho, cómo son todas las Miami que existen, porque, señores, existen muchas."
Naida Saavedra

Sobre *Grand Nocturno:*

"Una inquietante colección de relatos. La prosa de Vera Alvarez destila autenticidad por los cuatro costados, vida vivida desde adentro."
José Abreu Felippe

"Hay espacios en la literatura donde el lector se aferra a una historia y la vive junto al personaje. *Grand Nocturno*, el último libro de Hernán Vera Alvarez, o simplemente Vera, tal cual el autor firma sus trabajos, ofrece un estilo narrativo que obliga al lector a estar atento a cada instante, pues la intensidad que genera, hilvana una complicidad entre el personaje y el lector que arremete contra las fibras más íntimas."
Fernando Olszanski

"Vera pinta sus historias con agudeza psicológica y recursos de estilo que lo posicionan entre los principales autores hispanos de EEUU."
El Diario de New York (Estados Unidos)

"Tal y como cada oración es perfectamente enhebrada y cierra exacta, eficiente –el corte de la navaja, el filo de la luna– se acaba con la vida del otro o con la propia, se levantan los personajes de una silla y se marchan, se pronuncia la frase eficaz y se cierra la historia. Que los personajes estén a la buena del Sin-Dios en aquel cielo tan oscuro pero estrellado, no supone que el autor de este conjunto de cuentos los haya abandonado. Por el contrario, los enlaza a la perfección, tanto como para dar a quien lee la sensación de encontrarse ante un solo bloque, una sola narración larga, una novela coral."

Keila Vall de la Ville

www.ingramcontent.com/pod-product-compliance
Lightning Source LLC
Chambersburg PA
CBHW031952010726
47493CB00007B/2175